AF401809

RELATION

DU VOYAGE MYSTÉRIEUX DE L'ISLE. DE LA VERTU.

A ORONTE

A ROUEN,

Chez JACQUES DU-MESNIL, Imprimeur-Libraire, dans la Cour du Palais.

M. DC. LXXXIV.

AVEC PRIVILEGE DV ROI.

AVIS AU LECTEUR.

CE petit Ouvrage estant heureusement tombé entre les mains d'un
Ami également plein de lumière & de
zèle pour l'intérest public ; & ayant
jugé qu'il pourroit estre utile & agréable aux Ames chrestiennes ; j'ai crû
faire mon devoir en le mettant au jour
sans craindre de faire aucun outrage,
en prenant de la sorte le bien particulier d'une Famille sainte : Où l'Oncle
donne avec une satisfaction merveil-
leuse de si salutaires avis à son Neveu;
Outre que cette Famille ne se sentira
point de cette perte, elle ne sçauroit
trouver mauvais que l'on fasse part
aux autres de son opulence. Et d'ailleurs, comme cet heureux Voyage est
si facile, qu'on le peut faire seulement

ã ij

avec les yeux, & sans qu'il en coûte
que quelques soûpirs, cette entreprise
en sera d'autant plus aisée & favorable, particulierement pour les Ames
simples ; puisque l'on a tâché pour elles de mettre les choses, mesme les plus
spirituelles, dans un estat sensible.

Il est vrai que Dieu estant un pur
Esprit, n'a eu commerce avec les Iuifs,
& ne s'est fait voir à eux que sous des
voiles sensibles, & par des signes extérieurs ; & qu'aucontraire ayant pris
un Corps, & s'estant revestu de nostre
chair, il a communiqué avec les Chré-
tiens en esprit, par des voyes intérieures
& invisibles : mais lui même nous ayant
donné l'exemple par ses paroles Evan-
geliques, il est certain que nos hommages
n'en seront pas moins spirituels, pour estre
expliqués par des Symboles & des Allégories, qui pour estre des Fables pour
des Ignorans, ne laissent pas d'estre des
Mystères pour les Sçavans & pour les
Sages. L'importance n'est pas d'ou-

Avis au Lecteur.

vrir le sein de la Nature pour en tirer
de nouvelles matières ; c'est-à dire de
trouver de nouveaux sujets ﬂ & de
faire des discours inoüis & surprenants ;
mais de donner de belles formes & un
nouveau lustre à celles qui sont toutes
trouvées , & que l'on met en œuvre ;
puisque c'est la figure ﬂ & non pas la
matière ﬂ qui fait la gloire des Arti-
sans.

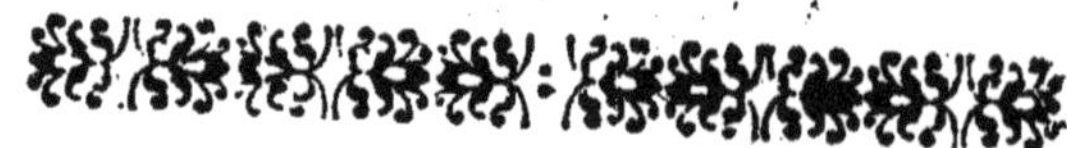

EPISTRE A DAMON.

JE t'ai reveu, Damon, & dans tout mõ voyage,
Je ne pouvois rien voir qui me plût davãtage;
En vain par mille maux aux plus beaux de tes
    jours,
La Parque a menacé d'en retrancher le cours.
Apres avoir souffert ces cruelles alarmes,
Je t'ai reveu, Damon, avec tous tes charmes;
Paris à mes souhaits à la fin t'a rendu,
Je ne me repens point de t'avoir attendu :
Et bien que d'Aquillon l'invincible furie,
Me surprenne en ces lieux loin de ma Bergerie,
Quoy que tous ses glaçons sur la terre & sur
    l'eau,
Me ferment le chemin vers mon petit troupeau,
Quelques justes que soient les soins qu'il me
    demande,   (tende.
Il faut pour quelques jours encore qu'il m'at-
Je n'ai peu refuser, à tes tendres desirs,
De nos embrassemens les innocens plaisirs;
Et de vouloir serrer jusqu'à la sepulture,   (re:
Tous les nœuds qu'entre nous a formé la Natu-
Dans nos doux entretiens ma fidelle amitié,
De ce que je pensois t'a bien dit la moitié:
Mais le plus important me reste encore à dire,
Je t'ai quitté, Damon, je m'envai te l'écrire.
Dés que je te revis, ce jour délicieux,
A te considérer appliqua tous mes yeux.
Je trouvai dans ton air tes façons, ta personne;

Encore plus d'attraits que ton âge n'en donne,
Et la nature en toi joint par de doux accords,
Aux grâces de l'eſprit toutes celles du corps.
Tu n'as rien que de doux, tu n'as rien qui ne
    plaiſe,
Il faut qu'en te voyant la Satyre ſe taiſe,
Tu remplis tes devoirs avec fidelité,
Ton eſprit avec ſoin cherche en tout l'équité.
Le ſordide intereſt n'a ſur toi point d'empire;
Tu ſçais en chaque lieu bien penſer & bien dire.
Le Public que tu ſers avec attachement,
Reçoit par tes travaux un grand ſoulagement.
Et quoi que les amours, les jeux & les delices,
Te vüeillent détourner de ces divins Offices,
Tu ſçais adroitement leur reſerver un tems,
Qui ne dérobe rien à tes ſoins importans.
Habile & ſerieux quand il le faut paroître,
Doux, enjoüé, commode alors qu'il le faut êtres;
Enfin de tes talens il ne m'échape rien;   (ſien.
Mais le Monde à ſon compte & Dieu n'a pas le
Ce Dieu de ces talens, la ſource & l'origine,
Te forma pour atteindre une fin plus Divine;
Il voulut bien marquer partant d'heureux de-
    hors,
Les admirables ſoins qu'il prenoit de ton corps.
Mais ton Ame, Damon, fut faite pour lui plaire,
Il voulut que ce bien fût ton unique affaire;
Et ſur tout il voulut avoir tes jeunes ans.
Les Payens à leurs Dieux conſacroient le prin-
    tems,
Et Rome aux grands perils autrefois alarmée,
N'avoit rien de plus fort contre leur main ar-
    mée;   (ſon,
On deſtinoit au Temple, & pour chaque mai-

Tout ce que produiroit cette belle Saiſon.
Màis les fleurs ſeulement n'étoient pas leur
    offrande,
Un plus fort Sacrifice apuyoit leur demande ;
Les Troupeaux, & l'Eſclave, & l'Enfant mal-
    heureux,   (vœux.
S'immoloïent ſans pitié pour acquiter leurs
Dieu ne veut pas de nous ces cruels Sacrifices ;
Màis quand un cœur le cherche il en fait ſes
    delices ;
A-t'on âge fecond en injuſtes deſirs,   (ſirs ;
Qui-les ſçait immoler fait ſes plus grands plai-
D'un peu d'ambition il ayme la victime,
Ou du plaiſir trompeur qu'offre quelqu'autre
    crime,
Ou de ces mouvemés qui corrompent les cœurs.
Et dont ton âge a plus que l'Avril n'a de fleurs.
C'eſt ce Printems ſacré, c'eſt ce ſaint Sacrifice,
Qu'il regarde ici bas de l'œil le plus propice ;
Car, enfin, ne croi pas d'en eſtre autant aymé,
Quand tu lui donneras ton ſquelette animé ;
Lors qu'à tons les plaiſirs ta preſence importune
Fera de ta maiſon la mauvaiſe fortune,
Et que par des efforts bien ſouvent ſuperflus,
Tu tireras du monde un cœur qu'il ne veut plus ;
Dé tant de voluptez ces pitoyables reſtes,
N'exhalêt aux Autels que des vapeurs funeſtes,
Ces ſentimens forcez marquent un faux retour,
La crainte les produit, & rarement l'Amour.
Ce n'eſt pas qu'après tout cette bonté ſuprême,
De ce Dieu qui pour toi s'eſt immolé lui même,
Ne reçoive parfois un ſi tardif payment ;
On le vit accepter meſme un dernier moment ;
Màis il faut confeſſer que ces Grâces ſont rares,

✝ le repentir du bon-larron.

Que ſes divines Mains en paroiſſent avares,
Et qu'en un corps usé l'eſprit tout languiſſant,
Pouſſe mal-aisémens un ſoupir ſi puiſſant.
Hâte toi donc, Damon, fais ce qu'il te demande,
Du Printems de tes jours va lui faire une of-
     frande ;
Conſacre à ſa Grandeur toutes tes actions,
Immole à ſon Amour toutes tes paſſions,
Offre lui ton travail, tes penſés, ta parole ;
Hors de là, cher Damon, crois que tout eſt fri-
     vole :
Laiſſe dire le monde & tous ſes enchanteurs ;
Quand ils ont bien parlé, ce ſont de beaux
     menteurs,   (croire,
Dont la foule entrainant ceux qui les veulent
Les tire pour jamais du chemin de la gloire ;
Mais que leur vaut ce monde, & que fait-il
     pour eux ?   (reux ?
Ce monde pourroit-il un jour te rendre heu-
Je veux qu'il ait flaté ta legere eſperance,
Qu'il ait verſé chez-toi des biens en abondance ;
Pourras-tu poſſeder tous ces biens longuement?
Pourras-tu t'en ſervir meſme paiſiblement ?
Ton corps eſt-il exempt des miſères communes?
Ton eſprit n'a-t'il point quelques nuits im-
     portunes?
Ton cœur raſſaſié n'a-t'il point de dégoût ?
Et ne ſouffre-t'il rien quand tu poſſedes tout ?
Ne ſent-il point venir cette heure formidable,
Dont le ſeul ſouvenir chacun de nous accable ?
Cette heure que Damon ne ſçauroit éviter,
Où Damon n'aura plus le tems de conſulter ;
Cette heure qui ſouvent ſe paſſe en rêveries,
Et qui livre l'eſprit à d'étranges furies.

Ah ! ne vaut-il pas mieux la sçavoir prévenir,
Et dés nos jeunes ans apprendre à bien finir ?
S'attirer par l'effort des ardentes prieres,   (res?
De ce Dieu tout puissant les dons & les lumie-
Elever à son Trône, & nos mains & nos yeux,
Faire en tout & par tout ce qu'il ayme le mieux ;
A ses Commandemens ne donner point d'at-
     teinte
Concevoir dans son cœur son Amour & sa
     crainte,   (ploys,
N'entrer que pour lui plaire en de justes em-
Y faire executer ses Ordres & ses Loix ;
Car enfin de ce Dieu l'on ne peut se défaire ;
Je te l'ay dit, Damon, & je ne puis m'en taire.
L'impie & le méchant ont beau s'en éloigner,
Jamais en le fuyant on n'a rien sçeu gagner.
Il faut en le quittant tôt ou tard qu'on perisse.
Et qui fuit sa bonté rencontre sa Justice ;
Ne cherche donc par tout qu'à suivre ses desirs ;
Ne pousse que vers lui tes plus ardens soûpirs ;
Prends en tout son esprit, modere ta colere ;
Fuis l'excés des plaisirs & de la bonne chere,
D'aucune passion ne sois plus maîtrisé,
Secours le Dieu du Ciel en pauvre déguisé ;
Sur tant de malheureux exerce tes largesses,
Ils font tenir au Ciel surement nos richesses ;
Fuis de mille beautez les apas si trompeurs ;
Dieu seul, Damon, Dieu seul est digne de nos
     cœurs ;
Il merite lui seul nôtre tendresse extréme ;
Enfin ne l'aymer pas c'est se haïr soi-même.
Hors de là point de paix, de plaisirs, de repos ;
Si l'on t'en montre ailleurs, cher Damon, il
     est faux.

Veüille ce Dieu ſi doux, qui m'éclaire & m'inſ-
      pire ,
Te faire executer ce qu'il me fait écrire.
Puiſſent mes tendres vœux au plûtôt exaucez ,
Eſtre par tes Vertus encore ſurpaſſez,
Puiſſent bien-tôt mes yeux fixez ſur ta perſon-
      ne ,
Voir fleürir ton Printems dans un paiſible Au-
      tomne ,
Et verſer mille pleurs par excez de plaiſir ,
De ce qu'en toi le Ciel a comblé mon deſir ;
Puiſſes-tu, cher Damon, en ſuivant ſa lumiere,
Fournir de la Vertu la plus belle carriere ;
Puiſſé-je à mes avis moi meſme être pareil ,
Et te ſervir d'exemple , ainſi que de conſeil,

Approbations des Docteurs en Théologie de la Faculté de Paris.

NOUS certifions avoir lû exacte-ment un Traitté, en forme de lettre, intitulé *Relation du Voyage My-stérieux de l'Isle de la Vertu*, dans lequel nous n'avons rien remarqué de con-raire à la Foy, & aux bonnes mœurs. FAIT ce 26 Mars 1683.

J. AUVRAY, Chanoine en l'E-glise Cathédralle de Roüen.

BULTEAU, Curé de la Paroisse de saint Laurens de Roüen.

LE VOYAGE
MYSTÉRIEUX
DE L'ISLE
DE LA VERTU,
A ORONTE.

VOUS blâmez ma pareſſe, Oronte, vous vous plaignez de mon ſilence. Que ſçavez-vous, ſi ce n'eſt pas la vanité qui me fait taire, & ſi je n'ay point deſſein de me rendre conſiderable par mon oyſiveté? J'ay oüy dire que les bons Eſprits ſont pareſſeux; ne pourois-je point faire

A

servir mes défauts à ma gloire, &
acquerir de l'estime par ma ne-
gligence? Non, Oronte, ce n'est
pas ma pensée; si je ne vous ay pas
écrit depuis long-tems, c'est parce que j'estois trop éloigné de
vous, & dans un monde qui n'a
point de commerce avec le vôtre.
J'ai parcouru bien du païs depuis
que je ne vous ay entretenu, &
vous serez peut-estre surpris
quand vous aprendrez mes avan-
tures; la Relation en sera plus
naïve que pompeuse; je cherche
à vous divertir plûtôt qu'à paroître éloquent, & il faut que le
discours d'un Hermite soit aussi
simple que sa vie. Vous sçavez,
Oronte, que j'ai beaucoup d'inclination à voyager, & que cette
passion remplit mon Ame de mille desirs, qui laissent peu de repos à mon Esprit. Il y a peu de
Provinces que je n'aye veu, mais

tous mes Voyages n'avoient pas
encor satisfait ma curiosité, & me
sentant toûjours agité de la mesme inclination, je pris resolution
de m'embarquer, & d'aller chercher sur la Mer les satisfactions
que je ne trouve pas sur la Terre;
car enfin, disois-je,

Puisque je ne vois rien de plus doux dans la vie,
Que d'aller parcourir les païs étrangers,
Allons, embarquons-nous, & malgré les dan-
    gers,
    Contentons nostre envie;
Si je ne trouve pas de solides plaisirs,
    J'auray du moins satisfait mes desirs.

Ce fut ce qui me fit résoudre
d'entreprendre un si grand voyage, & d'aller promener mes rêveries sur les eaux, après les avoir
si long-tems entretenuës sur la
terre : à peine eûs-je formé ce
dessein que je pensai aux moyens
de l'exécuter ; je m'en allai sur
un Port de mer, par un bon-
heur que je n'attendois pas, je

trouvai quantité de gens difpo-
fez à faire le même voyage : Il
eſt vray que tous n'avoient pas
le même motif; l'intéreſt en at-
tiroit quelques-uns qui ſe pro-
mettoient quelques avantages
pour leur fortune chez les Nations étrangères; les autres ne
s'engageoient à ce voyage que par
les mouvemens d'une curiofité
qui eſt aſſez naturelle à la jeuneſſe : Mais, Oronte, il faut que
je vous diſe qu'un de nôtre compagnie, divertit agréablement par
les agitations dont il étoit combattu; il témoignoit grand defir
de partir au plûtôt; & néanmoins
il avoit de certains attachemens
qui tâchoient de le retenir; nous
en fûmes pleinement perſuadez
lors que jettant les yeux ſur un
Païs qu'il alloit abandonner.

Adieu, dit-il alors, ſejour délicieux,
Qui m'avez dérobé les beaux jours de ma vie,

Je vous quitte aujourd'hui, pour suivre mon
    envie,
  Et vous fais mes derniers Adieux. (dresse,
Ne touchez pas mon cœur d'une fausse ten-
  Retirez-vous quand je vous laisse ;
J'ai perdu trop de tems à suivre vôtre loi ;
Je regrette aujourd'hui cette perte funeste ;
Mais dans mon déplaisir la douceur qui me
    reste,
  C'est que je vai vivre pour moi.

  Pour rompre mon dessein,
  Non, vous n'avez plus d'armes,
  Je suis détrompé de vos charmes :
Plaisirs, ne songez plus à me venir troubler,
Par les flateurs appas qui vous sont ordinaires.
J'oppose à vos attraits des passions contraires,
  Que rien ne sçauroit ébranler,
J'éface en ce moment jusqu'aux moindres pen-
    sées,
  De toutes vos douceurs passées.

Ces paroles nous donnerent
du plaisir, & nous eûmes tous
beaucoup de joye de voir qu'il
étoit résolu de nous suivre ; Nous
voila donc disposez à partir ; mais
on n'avoit pas encore déterminé
en quel lieu nous devions aller :
les uns vouloient faire voile du
côté du Nord ; les autres vou-

loient paſſer au Midi ; pour moi j'étois d'avis d'aller en Orient, comme dans la plus belle partie du monde. C'eſt - là où Dieu avoit mis ce Paradis Terreſtre, ſi célèbre dans l'Ecriture Sainte ! C'eſt - là où les premiers hommes du monde ont reçû leur naiſſance. C'eſt dans ces Régions où Dieu a fait tant de merveilles, & où les principaux Myſtères de nôtre Religion ont été accomplis. Je me figurois que j'y trouverois plus de ſatisfaction que dans tous les autres Païs de la terre : Un inſtinct ſecret que je ſentois, m'y portoit, & par un effet de ma bonne fortune, ceux qui auparavant avoient des penſées contraires, entrerent dans mes ſentimens ; nous prenons jour pour nôtre départ, & le tems étant favorable on s'embarque, on fait voile :

Et quittant le rivage
Tout semble nous promettre un fortuné voyage.
On pousse mille cris en sortant de ce lieu,
La bouche du Canon dit le dernier adieu.
Nos amis affligez voyant qu'on se retire,
Accompagnent des yeux en Mer nôtre Navire.
On s'éloigne du bord, on avance, & le Vent
Pousse nôtre Vaisseau du côté du Levant.
Une épaisse fumée offusque nôtre vûë;
Quand elle disparoît la terre est disparuë,
Et de quelque côté qu'on puisse regarder
On ne découvre plus que le Ciel & la Mer.
Mais, Dieu ! que d'inconstance au païs de
　　Neptune !
Qu'on void de changements au dessous de la
　　Lune !
On se laisse conduire aux soins des Matelots,
Le vent enfle la voile, on marche sur les flots ;
Mais à peine étions-nous à cent milles de terre,
Quand des vents furieux nous déclarent la
　　guerre.
Tout d'un coup l'air se trouble, & mille tour-
　　billons
Viennent s'entrechoquer comme des bataillons.
Ces mutins insolens que la Lune gouverne,
Font un murmure horrible en quittant leur
　　caverne,
Et joyeux de se voir en pleine liberté,
Chacun suit son caprice, & va de son côté.
La Mer nous présageant un funeste naufrage,
Gronde dans sa colere, elle écume de rage ;
Le tonnerre à son tour éclatte horriblement,
Et l'Echo lui répond par un mugissement.
La tempeste s'augmente, & les eaux plus émuës

Portent nôtre Navire aussi haut que les nuës :
Ainsi nous soûtenons deux mouvemens divers,
Nous paroissons au Ciel, & plus dans les enfers.
Et toûjours agitez d'une mortelle crainte,
Chacun porte la peur sur son visage peinte.
On resiste pourtant, on gagne pleine Mer,
Lors que des flots nouveaux commencent d'é-
      cumer.
Le Ciel pour se vanger peut-être de nos crimes,
Nous montre des tombeaux en ouvrant des aby-
      mes.
Les plus hardis de nous paroissent étonnez ;
En vain nous resistons à des flots mutinez.
La tempeste s'irrite, & les foudres sont prestes,
Si nous ne perissons, de foudroyer nos testes.
Dans ce danger funeste, il nous importe peu
De perir par les eaux, ou perir par le feu.
Nous sommes sans espoir que le Ciel nous dé-
      livre,
Chacun croit qu'il n'a plus qu'un seul moment
      à vivre.
Rien ne se montre à nous que la crainte &
      l'horreur,
La foudre & les éclairs redoublent nôtre peur.
Les vents ont renversé mats, cordages & voiles ;
On ne découvre plus le Ciel ni les Etoilles.
Tout est dans le désordre, enfin il faut perir,
Si le Ciel promptement ne veut nous secourir.
Tout le monde gemit d'une perte commune ;
Je pousse des soupirs, je plains mon infortune.
Et me considerant si proche de la mort,
Je regrette cent fois d'être sorti du Port.
La crainte sur mon front peint sa tremblante
      image,
Je tourne mes regards du côté du rivage.

Mais dans ce triste état je voi de tous côtez,
Le Ciel tout plein d'éclairs, & des flots agitez.
Pour lors je me prepare à mon heure derniere,
Je regarde le Ciel, je lui fais ma priere ;
Quand l'on void tout d'un coup, par un bon-
    heur soudain,
La mer devenir calme, & le tems plus serain.
Le vent devient plus doux, & les vagues s'unis-
    sent,   (nissent.
Et ces montagnes d'eaux s'abaissent, s'apla-
Et faute de trouver un solide soûtien,
Je les vois disparoître, & se résoudre à rien,
La tempeste se passe, on n'entend plus l'orage,
On n'aprehende plus la mort ni le naufrage ;
Et nous voyant sauvez d'un si pressant danger,
Nous cherchons avec joie un Païs étranger.

La tempête nous avoit jettez
assez proche des côtes de Barba-
rie ; nous découvrîmes des Cor-
saires qui venoient à nous pour
nous donner la chasse, mais
nous fûmes assez heureux pour
nous retirer. Je ne vous dirai
rien de tous les lieux que nous
vîmes en passant, je vous en-
nuyerois si je m'amusois à vous
parler de ces Villes superbes qui
sont bâties sur les rivages de la

mer, & qui semblent de loin sortir des eaux & s'élever à mesure
qu'on en aproche, je ne vous dirai rien aussi des Isles où nous
abordâmes pour nous rafraîchir :
Il suffit que vous sçachiez qu'elles sont plus agréables que tous
les lieux que vous habitez, &
que c'est-là où le Soleil répand
ses plus douces influences :

C'est-là que jamais la verdure,
De l'Hyver importun n'a ressenti l'injure ;
Tout rit dans ces ravissans lieux,
Que la nature a fait pour plaire ;
Là dans chaque saison les yeux
Trouvent de quoi se satisfaire
Par mille objets délicieux.
Là parmi les sombres boccages,   (volages,
On entend les Chansons de cent Chantres
De qui les concerts ravissans,
Sçavent sans art & sans pratique,
Flater l'oreille des Passans,
Par une agréable Musique,

La beauté de ces Isles ne
nous arrêta pourtant pas ; un
certain Génie qui nous conduisoit nous inspiroit secrete-

ment de pouffer plus loin nôtre
voyage : Nous fîmes voile encore trois mois fans aborder, &
à la fin nous commençions à nous
ennuyer de nous promener fur
les eaux, lors qu'un matin qu'il
faifoit clair, nous découvrîmes
d'affez loin quelque chofe de
fort élevé, fans pouvoir dîcerner
ce que c'étoit ; nous tournâmes
de ce côté-là , & étant plus prés
nous vîmes que c'étoit une Ifle
bordée de grands rochers qui la
rendoient prefque inacceffible.
Elle étoit environnée de pluſieurs
petites Ifles dont la beauté fembloit nous inviter d'y aller prendre du repos : En effet , on fe
difpofoit pour y aborder , lors
que jettant les yeux fur une haye
de ces rochers qui bordoient la
grande Ifle , je lûs ces Vers écrits
en gros caractères :

Mortel, qui que tu sois, qui cherches
  un azile,
Et des lieux écartez pour plaindre tes
  malheurs,
Si tu veux soûlager tes cruelles douleurs,
Ne te retire pas sans visiter cette Isle.

Je lûs ces paroles avec une consolation que je ne sçaurois exprimer ; je les montrai aux autres ; nous ne pouvions concevoir comment on les avoit gravées dans un lieu qui paroissoit abandonné & inaccessible aux hommes.

Des rochers élevez qui perçent jusqu'aux nuës,
  En défendent les avenuës ;
Un abord si fâcheux les fait apprehender,
  Il est bordé de précipices ;
  Et si les vents ne sont propices,
  On n'en peut jamais aborder.

Ces Vers que nous avions remarquez, redoublant nôtre curiosité, irritoient le desir que nous avions d'y entrer, & nous consi-
derions

derions la situation de ce Desert
avec beaucoup d'attention, lors
qu'un homme d'assez bonne mine
qui étoit dans nôtre Vaisseau,
sortant comme d'un profond
étonnement : Bénissons, s'écria-
t'il tout d'un coup, avec de grands
sentimens de joie, Bénissons la
Providence qui nous a conduit
dans un lieu que je cherche depuis tant d'années, sans que j'aye
esté jusqu'à cette heure assez heureux pour y aborder. Je me souviens d'y estre venu autrefois
dans ma jeunesse , & mesme d'y
avoir fait quelque séjour ; mais
le peu d'expérience que j'avois
en ce tems-là , m'en ayant donné du dégoût, j'en sortis , dans
l'espérance de trouver ailleurs
de plus solides plaisirs ; mais les
malheurs qui m'ont depuis agité,
m'ont bien apris que j'estois heureux, si je l'avois sçeu connoître,

B

& que penfant chercher du repos , je me fuis plongé en de
cruelles inquiétudes. J'ai voulu
cent fois reparer ma faute. Je
me fuis fouvent embarqué pour
revenir dans un lieu que j'avois
quitté : mais foit que mon deftin
ne m'ait pas permis d'en aborder plutoft , ou que le Ciel pour
châtier mon imprudence, ait dérobé cette Ifle à mes recherches,
je n'en ay fçeu aprocher jufques
aujourd'hui ; mais puifque je l'ay
trouvée, je n'en fortiray plus , &
je prétens d'y paffer le refte de
ma vie.

Ce difcours augmenta encore
nôtre curiofité ; nous le priâmes
de nous dire comment on apelloit ce Defert : s'il y avoit demeuré long-tems , & par qui il
eftoit habité. Oüy , dit-il, je vous
l'aprendrai, & je le fais avec joie,
parce que je fuis convaincu que

ſi je puis vous inſpirer le deſir
d'entrer dans cette Iſle, je contri-
buërai à l'établiſſement de vôtre
bon-heur.

Cette Iſle donc s'apelle *l'Iſle
de la Vertu* ; tout le monde en a
oüy parler, mais peu de gens y
ſont venus, & la pluſpart de ceux
que le bon-heur y a conduits ſe
ſont retirez pour aller en des païs
moins agréables :

La jeuneſſe ſur tout par un leger caprice,
   Abandonne ce lieu pour le ſéjour du vice ;
   Mais ſe déſabuſant enfin de ſon erreur,
   Elle ne trouve ailleurs que triſteſſe, qu'hor-
      reur :
   Lors voulant reparer la faute qu'elle a faite,
   Elle veut revenir dedans cette retraitte,
   Mais par un ſort funeſte, & qu'il faut dé-
      plorer,
   On meurt aſſez ſouvent ſans y pouvoir r'en-
      trer.

Je ne ſuis pas ſi mal-heureux
que beaucoup d'autres, puiſque
le Ciel permet que je revoye un
ſi aymable Deſert, après l'avoir

regretté si long-tems ; & pour ne
vous pas laisser davantage dans
l'impatience que vous avez de le
visiter, je m'offre de vous y conduire : mais il faut auparavant
que je vous donne quelques avis
nécessaires, car sans cela nous ne
reüssirions pas dans nôtre dessein.

Sçachez donc que c'est dans
cette Isle où la Vertu a establi sa
demeure ;, parce que c'est un Cli-
mat le plus doux du monde; &
c'est ici où elle monstre tous ses
charmes ; quand vous la verrez
vous en serez touché : mais pour
en venir jusques-là , il y a bien
des ennemis à méprifer & des
obstacles à vaincre ; je vous plain-
drois si vous marchiez fans guide,
car assurement on vous arreste-
roit en chemin, & vous n'auriez
pas assez de resolution pour arriver au lieu où je prétens vous
conduire :

On s'engage ayſément à chercher la Vertu,
Elle a pour nous toucher une puiſſante amorce,
    Mais mille empeſchemens dont on eſt com-
        battu
Nous en ôtent bien-tôt la force.

Voyez-vous ces petites Iſles qui ſont autour de celle-ci ? Elles paroiſſent aſſez belles, & ce n'eſt pas ſans deſſein ; car c'eſt-là où ſe retirent les plaiſirs que la Vertu a bannis de ſon Iſle ; ils la regardent comme leur ennemie. Ils tâchent de détourner ceux qui vont à elle, & de lui dérober les cœurs qui ont de l'inclination à l'aimer. Il ne leur eſt pas mal-aiſé d'y réuſſir ; ils logent en des lieux ſi charmans qu'il faut ſe faire violence pour s'empeſcher d'y aller, & quand on y eſt une fois entré on n'en veut plus ſortir. Vous en jugerez vous-meſme ſi vous voulez venir avec moi dans cette Iſle la plus proche de

nous. Ceux qui l'habitent ne
nous arresteront pas: je suis assuré qu'ils n'oseront pas se présenter devant moi ; car quand ils
trouvent des gens qui les mépri-
sent, ils n'osent plus paroître
devant toute nôtre Compagnie de Jesus.
Je fus le seul qui voulut accompagner cet inconnu dans cette
Isle qu'il me montroit : le desir
que j'avois de m'instruire en la
visitant, fit que je me détachai
de la Troupe pour le suivre, disant aux autres que je reviendrois
bien-tôt, & que nous entrerions
tous ensemble dans l'Isle de la
Vertu.

Sans mentir, Oronte, je fus
surpris de tout ce que je vis, &
je ne m'estonnai pas qu'on eût
de la peine à se retirer d'un lieu
si agréable :

Je voyois des Ruisseaux, des Promenoirs sau-
vages ;

Des Cabinets couverts, des Jets d'eau, des
Boccages.

Tout y flattoit les yeux: je
voyois les chemins bordez de
grenadiers, d'orangers, de jaf-
mins.

L'Hyver en ces beaux lieux ne montre point
    fa face ;
    Les trois autres Saifons ne luy font point
      de place ;
    Dans ce Climat, enfin, on ne void rien
      d'affreux,
    Le Soleil y répand des regards amoureux.
    Mais il ne perçe point dans les promenoirs
      fombres ;
    S'il en chaffe le froid, il refpecte les ombres,
    Et jamais il n'a pû d'un regard curieux,
    Penetrer le fecret de ces aymables lieux.

Retournons, me dit alors mon
Guide, vous pouvez, fans paffer
plus avant, juger parce que vous
voyez, de la beauté des autres
Ifles : il me femble que celle-ci
ne vous déplaît pas, & que vous
ne feriez pas fâché de vous y arrêter ; mais puifque je me fuis

chargé de vôtre conduite , je ne
veux pas vous laiſſer dans un lieu
où, il fait dangereux pour vous.
Avoüez ſeulement , que ſans un
bon-heur extraordinaire , on n'é-
vite point les empeſchemens qui
détournent de la Vertu ; car en
verité, les autres Iſles ſont encore
plus agréables que celle-ci. Ces
paroles me donnoient grande envie de les viſiter ; mais jugeant
bien qu'il n'y conſentiroit pas , je
retournai avec lui trouver la compagnie qui nous attendoit. Je leur
dis ce que j'avois veu , & je les
trouvai tous occupez à conſide-
rer les dehors de l'Iſle de la Vertu. Ils ne pouvoient comprendre
pourquoi cet abord étoit ſi difficile. L'inconnu qui étoit fort ſça-
vant dans ces matieres, nous de-
ſirons tous ignorer, peut - être
par nous , dit-il , que la ſeule
idée de la vertu a quelque choſe

qui choque d'abord l'esprit ; ce
n'est pas qu'elle n'est fort aimable, mais parce qu'elle veut être
aimée toute seule ; & que pour
être à elle, il faut être détaché
de tout le reste , il se trouve
peu de gens qui veüillent s'en-
gager à son service :

Elle prétend regner sur la Terre & sur l'Onde,
Et se faire obéïr aux Princes comme aux Rois ;
   Et je pense qu'elle s'y fonde,
Lors qu'à tous les mortels elle impose des loix ;
Sur ce qu'hors d'elle seule il n'est rien dans le
   monde,
   Qui soit digne de nôtre choix.

Elle a donc établi sa demeure dans cette Isle, dont l'abord
comme vous voyez, paroît assez
rebutant ; pour montrer qu'elle
fait un peu mauvais visage au
commencement, mais qu'après
cela elle est pleine de douceurs
& de tendresses. En effet , vous
n'avez jamais rien vû de plus
agreable que le dedans de cette

Ifle : Je fuis affeuré que vous n'en voudrez plus fortir quand vous y ferez entré, & que vous en aimerez mieux le fejour que tous les autres lieux de la terre. D'où vient donc, lui dis-je, que vous n'y êtes pas demeuré, après y avoir entré autrefois, & que vous êtes allé chercher ailleurs des contentemens plus folides? Helas, dit-il, en pouffant un grand foûpir, j'étois trop jeune en ce tems-là pour avoir toute l'expérience qui m'étoit néceffaire : Je ne prévoyois pas les malheurs que je m'attirai en fortant d'un lieu où mon deftin m'avoit conduit. Que j'aurois évité de larmes, fi je n'avois point quitté cet innocent fejour! mes paffions qui entreprirent ma conduite, me faifoient efperer mille plaifirs ; & en effet elles me menérent d'abord par des

voyes aſſez douces , mais helas !
ces legères ſatisfactions ont été
bien-tôt mêlées de chagrins :
Que ces premières douceurs
m'ont attiré de cruelles affli-
ctions, & qu'elles ſont devenues
fatales à mon repos ! mais ne
parlant plus d'une choſe dont je
veux perdre le ſouvenir , diſons
ſeulement que faute d'experience, on ſe jette en mille deſordres,
on ſe plonge en mille inquiétudes, & qu'il eſt preſque impoſ-
ſible que la jeuneſſe, qui d'ordinaire ne ſuit que la violence de
ſes deſirs , ſe laiſſe gagner aux
attraits de la Vertu qu'elle ne
connoît pas ; ce n'eſt pas que la
raiſon ne nous apprenne qu'elle
ſeule merite nos empreſſemens ;
mais avec tout cela, quand les
paſſions ſont fortes, la Vertu a
beau s'oppoſer à nos deſſeins :

Elle nous montre envain ſes charmes impuiſ-
    ſans,
Il faut d'autres attraits pour arrêter nos
    ſens.
    Et pour gagner un cœur rebelle,
Un eſprit qui connoît / que pour ſuivre ſa loy /
Il faut s'ancantir & retourner à ſoy,
    Trouve qu'elle n'eſt plus ſi belle.

Ne vous étonnez pas ſi je fus
aſſez imprudent pour me retirer:
vous connoîtrez un jour qu'il eſt
mal-aiſé de ſe tenir auprès d'elle,
& encore plus difficile d'en approcher. Vous avez déja vû les
plaiſirs qui ſe ſont refugiez autour de cette Iſle, pour amuſer les
paſſans ; mais ce ne ſont pas les
ſeuls ennemis dont il faut ſe défendre. Vous en trouverez encore d'autres au dedans qui em-
ployeront toute leur adreſſe pour
vous plaire. Allons, entrons
dans l'Iſle, car j'ai trop d'impatience d'aller voir ce que j'ai eſti-
mé autrefois avec tant de paſſion.
                    En

En difant cela, nous nous aper-
çûmes que le refte de la Compagnie nous avoit quittez pour
entrer dans les autres petites
Ifles, & quoy que nous puffions
leur dire, il s'y trouvoient fi
bien, qu'il nous fût impoffible de
les retirer. Ils nous dirent tous
qu'ils nous attendroient au retour, & cependant qu'ils paffe-
roient-là des momens fort agréables. Je fus donc le feul qui
voulut accompagner l'Inconnû;
& comme nous entrions, un jeune homme d'affez bonne mine
fe prefenta à nous pour nous
conduire; il s'y offrit de la meil-
leure grâce du monde; il avoit
l'air doux & complaifant, & on
voyoit dans fon port & dans
fon vifage quelque chofe de fort
agréable; je remarquai qu'il avoit
bonne opinion de lui; car il fe re-
gardoit inceffamment avec beau-

C

coup de complaisance. Il nous fit
cent révérences pour nous obli-
ger de le recevoir dans nôtre
Compagnie. Il nous promit de
nous accompagner dans tout nôtre voyage, & de nous monftrer
ce qu'il y avoit de plus curieux
dans l'Ifle; pour moi, j'avoüe que
j'eftois ravi de fa civilité ; mais
mon Guide qui le connoiffoit,
ne voulut jamais fe prévaloir de
fa complaifance ; je le priai feulement de me montrer fa maifon, afin qu'à mon retour je puf-
fe lui rendre vifite ; mais il me
dit qu'il n'avoit point de demeure à lui , parce qu'il étoit bien
venu par-tout, & qu'il y avoit
peu de gens, qui comme nous,
receuffent fi mal les avances
qu'il avoit faites : il en fut rebu-
té , car il difparut en un moment fans que nous viffions par
où il avoit pafsé ; j'en demeurai

furpris ; lors que mon Guide
qui s'en apperçût : ne vous étonnez pas , me dit-il, de l'adreſſe
de ce galant Homme ; vous ne
ſçaviez pas que c'eſt l'Amour-
propre qui vouloit ſe joindre à
nous; il eſt ſi ſubtil, qu'il ſe mê-
le inſenſiblement dans toutes
fortes de Compagnies : il prévient
pour ſe faire agréer ; mais lors
qu'on le rejette , il ſe retire ſi
adroitement qu'on ne s'aperçoit
pas de ſa fuite. En vérité , lui
dis-je , je ne m'étonne plus de
ce qu'on lui fait par tout ſi bon
accueil : il eſt le plus agréable
du monde, & quand vôtre ru-
deſſe l'a contraint de ſe retirer ,
je me ſentois tout diſpoſé à lui
accorder mon amitié :

Son air a des attraits capables de charmer ,
  Son eſprit eſt galant , & ſon humeur civile,
Et plus on l'entretient , plus il eſt difficile
  De ſe défendre de l'aimer.

Aprés avoir quitté l'Amour-
propre, nous trouvâmes une
grande Prairie, arrofée de quantité de ruiffeaux bordés de grands
arbres : c'eft affeurément un des
plus beaux endroits de l'Ifle :

C'eft - là que parmi la Verdure,
On entend des Ruiffeaux l'agreable murmure;
Et que tous les Oifeaux gazoüillans leurs
    Chanfons,
Inftruifent leurs petits, & leur font des leçons.

En fortant de cette Prairie,
nous trouvâmes une Ville dont
les ruës étoient affez belles; les
Habitans y font fort civils &
courtois; elle eft extrêmement
peuplée; on y aborde de toutes les parties du monde, dans
l'efperance d'y faire quelque fortune : En effet, on y void de
belles maifons; mais les anciens
Habitans nous dirent que les
meilleures Familles n'y fubfi-
ftoient pas long-tems; que tout

ce qui paroiſſoit pour lors de plus
ſuperbe, n'étoit bâti que depuis
quelques années, & qu'il ne re-
ſtoit que de triſtes débris de
celles qui autrefois avoient été
magnifiques. Cette Ville s'appelle Complaiſance, du nom de
la Dame à qui elle appartient.
Comme nous nous promenions
dans une grande place, où chacun nous faiſoit mille amitiez,
nous la vîmes venir à nous, avec
un viſage riant, & un air le plus
joly du monde ; je commençois
à prendre plaiſir à ſon entretien,
lors que mon Guide me dit de
ne me pas arrêter à ſes paroles,
parce qu'elle déguiſoit toûjours
ſes penſées ; & quoy, me dit-il,
ne connoiſſez - vous pas encore
Complaiſance ?

Apprenez que c'eſt une Dame,
Qui ne montre rien moins, que ce qu'elle a
   dans l'ame ;

Soit qu'il faille approuver ou le bien ou le
  mal,
    Elle le fait d'un air égal ;
  Toûjours elle paroît au dehors satisfaite,
  Soit qu'elle arrive ou non à ce qu'elle sou-
    haite.

Cette Ville est bâtie sur le
bord d'une Riviere qu'on appelle
Flatterie ; cette Riviere est cele-
bre par le trafic de quantité de
gens qui y ont fait fortune
pour s'y être embarquez à propos ; mais elle est encore plus
fameuse par les débris d'une infinité de personnes qui y ont
fait naufrage : les civilitez que
nous recevions en ce lieu-là ne
me déplaisoient pas, ce qui fut
cause que l'Inconnu me parla
avec un peu d'aigreur :/ si vous
voulez, me dit-il, vous arrêter à
tout ce que vous trouverez, nous
n'arriverons jamais où nous avons
dessein d'aller ; ne vous ay-je pas
dit d'abord qu'il y avoit mille dif-

ficultez à vaincre devant que
d'entrer dans le Palais de la Vertu ? Nous sommes dans son Isle,
mais la maison est encore bien
éloignée, & si vous ne voulez me
suivre, je serai contraint de vous
quitter pour continuer mon voyage. Je lui promis que je ferois tout
ce qu'il voudroit. Je sortis de
Complaisance, parce qu'il le sou-
haitta, & nous alâmes coucher
à Delicatesse ; c'est un Château
aussi agreable qu'il y en ayt au
monde, tout y rit, tout y plaît ;
Il est pourtant plus beau que ri-
che, & la plus fine Architecture
y est observée dans toutes les re-
gles ; Il est bâti entre un Boccage
& un grand Canal, qui y entre-
tiennent en tout tems un air frais,
& les avenues sont bordées de
fleurs. Comme nous abordions
nous arivâmes à un cabinet de jaf-
min, où une Dame accompagnée

d'une fille qui avoit fort mauvai-
fe grâce, étoit affife dans un fau-
teüil ; je m'arrêtai pour la confi-
derer , & je connus que c'étoit
Delicateffe ; mais j'étois en peine
de fçavoir qui l'accompagnoit,
lors que mon Guide me dit qu'elle s'apelloit Repugnance ; ce que
je reconnus enfuite par la quantité de grimaces que je remarquai fur fon vifage. Au refte, Delicateffe a reçeu d'affez beaux
avantages de la nature ; elle a la
taille belle , & je ne fçai quoy de
jeune dans le vifage , qui ne déplaît pas ; & s'étant levée pour
fe retirer , quand elle nous aperçeut , je remarquai dans fa démarche une certaine negligen-
ce qui lui donnoit beaucoup de
grâce.

On voit en fon vifage une grande jeuneffe.
   Son efprit eft brillant & plein d'un enjou-
      ment ;

Enfin tout ce qui peut rendre un objet charmant,
Se rencontre en Delicatesse ;
Et sans sa trop grande molesse
Elle plaisoit extremement.

Nous luy fismes nôtre compliment qu'elle reçût avec assez de froideur ; & je remarquai qu'elle n'étoit pas trop aise de nous recevoir dans sa maison, & de peur de s'incommoder : Mais comme il étoit fort tard, nous fûmes contraints de nous y arrêter. Nous en partîmes de grand matin pour aller à une Ville assise sur une montagne, assez proche du grand chemin, qui y conduisoit : Elle étoit bordée de grands arbres, dont les écorces étoient toutes gravées de Chifres ; ce qui fit d'abord juger que nous allions dans un lieu où il ne faudroit pas faire long séjour. Ce chemin étoit rempli de personnes, dont les uns alloient à cette Ville, & les autres en revenoient; je remarquai cette différence entr'eux, que ceux qui alloient dans la Ville étoient extraordinairement enjoüez : leurs discours étoient pleins d'affection; & leur action pleine de passion & d'emportement : ceux au contraire qui en revenoient, paroissoient extrêmement serieux; & je voyois dans leurs yeux une secrette confusion, qui témoignoit qu'ils n'étoient pas satisfaits de leur voyage ; je ne comprenois pas ce Mystère , lors que l'Inconnu pour m'en instruire ; apprenez, me dit-il, que cette Ville que vous voyez s'appelle Coqueterie. Ces jeunes Gens qui y courent avec tant d'empressement s'imaginent d'y trouver de grandes douceurs; mais ceux qui en sont de retour, dé-

plorent le tems qu'ils ont mal-
heureusement sacrifié à des folies;
c'est pour cela qu'ils font aussi
serieux que les autres paroissent
enjoüez, & ceux-ci seront bien-
heureux s'ils peuvent quelque
jour se détromper comme les
autres. Il faut du tems, lui dis-
je, pour se desabuser de mille
extravagances. On a beau nous
representer des veritez impor-
tantes à nôtre repos, les années
nous en apprennent plus que
toutes les instructions que l'on
nous donne :

La vieillesse a beau nous prêcher,
On n'en croid pas à sa science ;
Rien du tout ne nous peut toucher
Que nôtre propre experience.

Il est vrai, repartit mon Guide, mais enfin si on vouloit faire
un peu de reflexion sur les extravagances où nous engagent nos
passions, on rougiroit peut-être

de ses propres foiblesses ; nôtre
esprit ne concevra-t'il jamais que
nos emportemens nous attirent
du mépris, & que ces affections
continuelles qui sont si communes au païs de Coqueterie, ne
servent qu'à nous rendre ridi-
cules ? Tout y est affecté, l'air,
le port & les paroles, & pour
vous en donner plus de connoif-
sance, si vous voulez nous y fe-
rons quelque séjour. Non, luy
dis-je, bien loin de m'y arrêter,
je n'y veux pas seulement passer;
je ne suis pas assez curieux pour
m'instruire des choses que je n'a-
prouve pas ; j'ay souvent oüi
parler de ce païs là, mais je n'ai
jamais eu envie d'y aller ; il ne
m'a jamais plû, & je ne pense
pas qu'on puisse aimer un lieu
où l'on renonce à la Religion.

En ce lieu, m'a-t'on dit, chacun s'en fait
conter,

Autant

Autant les Laides que les Belles ,
C'est assez que de les flatter ,
Pour être bien venu prés d'elles.

Nous détournâmes dans une grande prairie , pour ne pas passer dans la Ville , & aprés avoir fait assez de chemin , nous vîmes un grand Jardin plein de fleurs , où les gens de Coqueterie venoient à la promenade. Je m'arrêtai un moment pour les considerer, lors que mon Guide se tournant vers moi ;

Regarde , me dit-il , prés de cette Fontaine ,
Diane , Cleonice , Amarante , Climene ,
Doris , Sylvie , Amiote, Olympe, Amarillis,
Et tout proche de-là l'agreable Philis ,
Qui se promene seule à travers la prairie
Pour mieux entretenir sa douce reverie.

Je les considerai un moment avec assez d'attention , & je pris sur tout plaisir à observer celle qui se promenoit toute seule ;

D

Son port, son air, son action,
— Marquoient beaucoup de passion;
J'en eus quelque desir de rire,
Et ne sçeus m'empescher de dire,
Bon-Dieu! qu'on est badin dans le païs Co-
         quet,
Et qu'un lieu si méchant rend un esprit mal-
         fait.

Je ne sçeus m'empescher aussi
de rire de tous ces Noms, & de
me mocquer de la folie du monde; & sans nous arrêter davantage, nous tournâmes nos pas
d'un côté où le païs étoit plus
couvert, parce que le Soleil com-
mençoit à nous incommoder.

Après avoir marché un peu de
tems, nous entrâmes dans un bois,
où nous vîmes trois Filles qui se
promenoient, & qui furent un
peu surprises de nôtre rencontre.
Leur veuë m'inspira d'abord autant de respect pour elles que j'a-
vois conçeu de mépris & de dégoût pour celles que j'avois veuës

dans la prairie, & je ne pouvois
me lasser d'admirer un certain
air que je n'avois reconnu qu'en
elles. L'une avoit la mine franche
& ouverte, on lisoit jusques dans
le fonds de son ame, & on décou-
vroit toutes ses pensées. L'autre
avoit la Physionomie la plus douce & la plus innocente du monde; elle rougit aussi-tôt qu'elle
nous aperçeut, & baissa les yeux
pour ne nous pas voir. La troisiéme étoit fort sérieuse, sans affe-
cter y neanmoins de le paroître.
Son habit étoit simple, mais fort
propre. Tout ce que je voyois en
 elle me plaisoit; mais j'en eus encore plus d'estime quand je sçeus
que c'étoient la Simplicité, la Pu-
deur & la Modestie. Je leur con-
seillai de ne pas aller à Coqueterie, de peur de corrompre leurs
bonnes inclinations; & elles me
repondirent avec de grands sou-

pirs, qu'elles n'avoient garde de
s'y présenter, puis qu'on les en
avoit bannies, avec défences d'y
jamais entrer. De-là nous conti-
nuâmes nôtre chemin à l'ombre
des arbres, & nous décendîmes
enfin dans un Vallon fort om-
brageux & fort épais ; je voyois-
là une confusion d'Allées toutes
obscures & écartées les unes des
autres ; quantité de personnes s'y
promenoient, mais separément.
Chacun s'entretenoit avec ses
pensées. Je voulus entrer, dans
une de ces Allées, & d'abord celui qui y étoit, entra dans une
autre pour éviter ma rencontre.
Au pied de cette Vallée couloit
un Ruisseau dont l'eau est extrêmement claire, parce que son lit
est plein de petites pierres & d'un
gros sable qui causent un petit
murmure, tout propre à rendre
un esprit pensif, mélancolique :

auffi je voyois fur le bord quantité de perfonnes couchées fur
l'herbe & affez éloignées les unes
des autres, qui ne difoient pas
un mot. A quelques pas delà paroiffoit un Château, qui n'avoit
rien d'agréable au dehors,& dont
quelques ruïnes montroient qu'il
n'étoit pas habité, ou du moins
que ceux à qui il apartenoit en
avoient peu de foin. Je ne comprenois pas d'où venoit ce grand
filence, & cette humeur rêveufe,
lorfque mon Guide me dit que
c'étoit le féjour de la Rêverie,
que ce Château lui apartenoit,
& qu'elle avoit choifi cette demeure comme un lieu tout à fait
conforme à fon humeur. Tandis
qu'il me parloit, je tournay les
yeux du côté du Bois, & je la vis
venir droit à nous dans une Allée
couverte. Nous ayant aperçeus,
elle voulut fe détourner, pour

éviter de nous parler, mais je
courus après elle, de sorte qu'elle
fut obligée de s'arréter & de m'attendre. Je vis une Fille assez maigre & fort serieuse, & toûjours
plongée dans les pensées qui
l'occupent. Elle arrête ses yeux
sur le premier objet qui se présente ; mais elle ne le void pas,
quoi qu'il semble qu'elle le con-
sidère avec grande attention ; Elle regarde tout sans rien voir ;
Elle paroît assez recüeillie, & ne
trouve point de plus agréable
entretien que ses pensées. Je sen-
tis d'abord quelque sympathie
pour elle ; Il me sembloit que son
humeur ne s'accordoit pas mal
avec la mienne ; je voulus gagner
son amitié, & je lui dis pour cela
cent choses obligeantes ; mais
elle ne répondoit presque pas, &
le peu de paroles que j'en tirois
étoient dittes fort mal à propos ;

je ne fçeus m'empêcher d'en rire,
fur tout de la derniere réponfe
qu'elle me fit , quand je lui parlois de la beauté de fa folitude:

Car comme je parlois encor ,
Elle me répondit , mais tout à la traverfe ,
Que le puiffant Sophy de Perfe
Feroit en peu de tems la guerre au grand
Mogor.

Elle avoit avec elle le Silence
qui l'aydoit à marcher ; il eſt tel
que la peinture le répréfente , il
faifoit quelques laides grimaces , & tenoit un doigt fur fa
bouche. Comme je vis que je ne
pouvois tirer raifon de l'un ny
de l'autre, je les quittai, & voulus entrer dans une Allée pour y
rêver comme les autres ; mais
l'Inconnu me retint , difant qu'il
ne falloit pas demeurer pluslong-
tems en ce lieu-là, parce que Rêverie eſt une des plus fâcheufes
ennemies de la Vertu , & peut-

être celle qui lui est la plus contraire : Je lui obéis ; nous sortîmes de ce Desert, & en passant
il me fit prendre-garde à une
Grotte fort obscure & couverte
de feüillages, qu'il me dit être la
demeure du Silence.

De Rêverie nous alâmes à
Amusement, qui est fort proche
de-là ; c'est un des plus jolis
lieux que j'aye vû dans nôtre
Voyage ; il est petit, mais fort
agréable : Il est situé dans une
grande Prairie, où l'on void
quantité de petits Ruisseaux &
quelques Boccages ; toutes les
Maisons y font bien bâties &
ont toutes sortes d'ornemens au
dehors. On void de grands Bas-
sins & des Jèts d'eau dans toutes
les Places ; & je puis dire que
l'on trouve dans Amusement des
curiositez que l'on void que rarement peintes dans les plus belles Villes :

On y void tant de raretez,
De differents objets & de variétez,
Que l'humeur la plus triste y peut se satis-
faire ;
L'esprit le plus bigearre & le plus lan-
guissant ;
Y trouve des Sujets capables de luy plaire,
Et de quoy divertir le chagrin qu'il ressent.

Le Maître de ce Village est fort jeune ; il perd la plus grande partie de son tems à considérer la première chose qui se presente à ses yeux ; le moindre objet peut arrêter ses pensées ; je ne m'ennuyois point dans ce lieu-là, & j'avois envie d'y passer le reste du jour, lors qué mon Conducteur me dit qu'il faloit aller jusqu'à Négligence; nous y arrivâmes d'assez bonne heure; c'est un lieu presque desert; les Habitans y sont faineans, les Terres d'alentour y sont inutiles & stériles, & je fus surpris de ne trouver pas un Ar-

tisan en tout le Village ; on n'y
travaille point ; les maisons y
sont mal bâties & negligées : en
y arrivant nous vîmes tout le
monde dans les ruës sans aucune occupation ; je m'en étonnai,
& mon Guide qui sçavoit par-
faitement tout le Païs, me dit
qu'on ne se gouvernoit pas à Ne-
gligence comme dans les autres
lieux. On y passe le jour à dormir,
& la nuit à joüer & à se divertir ; voici ce qu'il m'en apprit.

Lors que la Nuit sortant de ses cavernes som-
       bres
Verse dans l'Univers le repos & les ombres,
Quand le Soleil se cache & que le jour s'enfuit,
Que par toute la terre on n'entend plus de
      bruit ;
Que le Silence règne, & que chacun sommeille,
    A Négligence on veille.
Lors que dans l'Orient le Soleil de retour,
Chasse l'obscurité pour faire place au jour,
Que l'esprit le plus lâche excitant son courage,
Pour n'être pas oysif retourne à son ouvrage,
Qu'on s'occupe par tout avec plus grand effort,
    A Négligence on dort.   (quille,
Lors que chez les Voisins tout demeure tran-

Que l'on n'oſeroit pas dire un mot inutile,
Que la Loy du païs interdit l'entretien,
Que tout eſt dans le calme & qu'on n'entend
     plus rien,
Que dans les autres lieux on garde le Silence,
     On cauſe à Négligence.

Je n'aprouvai pas les Maximes
de ce lieu-là, & ce ne fut que
par contrainte que nous y paſſâ-
mes la nuit ; en nous retirant, la
Dame à qui étoit le Village, vint
à nous & nous fûmes obligez de
lui faire civilité. Négligence eſt
une perſonne qui n'a rien de beau;
elle a la taille petite, ſon air eſt
déſagréable, ſon action négligée,
& ſes habits mal propres, & pour
ne rien déguiſer,

Son air affoibliſſant, ſa parole tremblante,
Ses regards languiſſans, & ſa démarche lente;
Ses cheveux mal peignez, & ſes yeux ſans éclat,
Me la firent paroître en ſi mauvais état,
Que j'en eus du dégoût ſi-tôt que je l'eus veuë;
Elle qui le connut, ſe cacha de dépit,
Je ne regardai point le chemin qu'elle prit,
     Ny ce qu'elle étoit devenuë.

On nous mit coucher dans une chambre mal-propre, où toutes chofes étoient mal arangées ; auſſi dés que le jour parut nous partî- mes pour nous rendre ce jour-là à Inconſtance ; en allant nous paſ- fames par Tiédeur : c'eſt une maiſon ſi mal bâtie que je ne voulus pas y entrer , & la Maîtreſſe qui en porte le nom, étant ſortie par hazard , ne me donna pas plus d'envie de m'y arrêter. C'eſt une Fille fort laide ; mais qui fait pourtant la dédaigneuſe ; vous diriez que tout eſt indigne d'elle; rien ne la contente , elle fait la précieuſe , & cependant c'eſt la plus déſagréable perſonne du monde:

Pour vous dire en un mot, ce que c'eſt que Tié-
　　deur ,
Deux vers vous en feront la peinture fidelle ,
Oronte, l'on ne peut jetter les yeux ſur elle ,
　Sans qu'elle faſſe mal au cœur.

Proche

Proche delà paroissoit un Bois,
où il faloit passer ; après y avoir
marché quelque tems, nous trouvâmes un endroit fort épais, que
l'Inconnu me dit être le séjour
de la Jalousie ; on y void en tout
tems des brouillards , qui ne se
dissipent point ; c'est ce qui est
cause qu'on y découvre toûjours
les choses autres qu'elles ne sont.
La Jalousie ne se montra point,
soit qu'elle fût occupée ailleurs,
ou qu'elle eût honte de paroître;
elle n'ose presque pas se faire
voir; elle fait ce qu'elle peut pour
se déguiser , mais il est toûjours
aisé de la reconnoître ; j'appris
qu'elle ne se donnoit jamais de
repos ; qu'elle passoit sa vie à se
tourmenter , & que quand elle
n'avoit pas de véritables sujets
de s'inquiéter , elle en cherchoit
d'imaginaires. Je remarquai que
sa maison étoit percée de tous

E

coſtez, & qu'on voyoit aiſément
tout ce qui ſe faiſoit au dehors.
Autour de ſa maiſon étoient
quantité de petites Grottes, d'où
je vis ſortir en foule les Soupçons;
ce ſont des Enfans mal-faiſans,
qui ont les yeux troubles & le
viſage fort pâle : La curioſité me
prit de viſiter plus particulierement ce Deſert, lors que mon
Guide pour m'en empêcher me
remontra qu'il étoit tard, & que
ce n'étoit pas où il faloit paſſer
la nuit, parce qu'on n'y dormoit
point. Je le ſuivis, & en continuant nôtre chemin, je vis la Ja-
louſie couchée ſur l'herbe au pied
d'un Arbre : ſon viſage maigre &
défait me fit compaſſion, & ſa
veuë me confirma ce que j'en
avois autrefois oüy dire.

Son Eſprit inquiet eſt toûjours plein d'ombrage,
Ses ſoupçons importuns deviennent ſes Tyrans,
Ils font voir à ſes yeux des Phantômes errans,

Et mille confuses Images,
Qui jettent dans son cœur des chagrins diffé-
    rens.

Je ne m'amusai pas à l'entretenir ; car outre que les tristes pensées qui l'occupoient ne lui au-
roient pas permis de me repon-
dre ; il ne restoit de tems que ce
qu'il en faloit pour arriver à Inconstance. Nous quitfâmes donc
le Bois, & en fortant nous entrâmes dans un Païs de fable, qui
nous faifoit beaucoup de peine à
marcher ; après cela nôtre chemin nous conduifit dans un Boccage, où les Vents dominoient
inceffamment ; les feüilles des
Arbres y font dans une agita-
tion continuelle ; le tems y change à tous momens ; tout cela me
fit juger que nous n'étions pas
loin d'Inconftance ; en effet, je
découvris fort prés de nous un
Château bâty fur le fable, au
                    E ij

bord d'une Riviere affez rapide :
Je tournois mes pas de ce côté-là
lors que j'aperçeus la Maiftreffe
de ce Château, qui fortoit pour
aller à la Promenade. Je ne fçaurois pas bien vous dire comment
elle eft faite, parce qu'à tous momens elle change d'Air & de Vifage ; elle n'arrête jamais en une
place, où fi elle s'arrête quelquefois un inftant, elle marche après
fi vîte, que ceux qui l'accompagnent ne fçauroient la fuivre :
Quand elle donne quelque ordre, on ne fe hâte pas de l'exécuter ; parce que d'ordinaire elle
change d'avis : fa Maifon n'eft
pas achevée, on y travaille inceffamment : mais on ne fait jamais
rien qu'il lui plaife : avec tout cela elle a quelque chofe de fort
agréable, & fi elle avoit un peu
moins de legereté elle l'empor-
teroit fur beaucoup d'autres.

Dans les traits du Visage elle n'a rien de laid ;
Elle a même en son port quelque chose qui
    plaît ;
Mais son air inconstant la rend désagreable ,
Un peu de fermeté lui siéroit beaucoup mieux ,
   Et la rendroit bien plus aymable
Que cet éclat si vif qui brille dans ses yeux.

Celui qui l'aydoit à marcher avoit assez bonne mine , il me fit d'abord un visage assez doux , mais un moment après il prit un Air fort serieux. Je demandai à mon Guide qui il étoit, & il me dit qu'il se nommoit Change-ment ; Elle avoit aussi à sa suite une Fille fort jolie , qui avoit dans les yeux une vivacité extraordinaire, mais on y voyoit beaucoup de legereté , car ils ne s'arrêtoient jamais sur un même objet : Comme elle me vid approcher , elle avança quelques pas pour me parler , & puis elle se retira sans rien dire ; elle tenoit des Tablet-tes où elle écrivit quelques pa-

roles, & en même-tems les ef-
faça; & comme j'étois en peine
de fçavoir fon nom , j'appris
qu'elle s'appelloit Irréfolution.

Je ne m'arrêtai pas long-tems
avec des Perfonnes fi volages;
& je me retirai en un endroit du
Bois fort épais, à deffein d'y paffer la nuit , car la Saifon étoit
belle & la Lune fort claire. Je
me couchai fous un arbre & l'Inconnu à quelques pas de moi;
je commençois à m'endormir,
lorfque j'entendis une voix affez
proche de nous , dont la douceur me charma l'oreille; en verité je n'ay jamais rien ouï de
plus agréable : c'étoit une Fille
qui combattoit entre la Grâce
& la Nature , & qui exprimoit
par la naïveté de fes paroles les
divers fentimens qui naiffoient
dans fon efprit. Voici ce qu'elle
chantoit; les Vers ne font pas

bien réguliers, mais ils sont as-
sez bons pour une Chanson : Je *[sur la grace]*
trouvai l'Air si joli, que j'ay tâ-
ché de me souvenir des paroles.

QVE la Vertu seroit à tous ai-
    mable !
Mais sa rigueur la rend désagréable ;
Non, je ne puis taire sa dureté ;
Dés qu'un esprit dessous sa loi s'engage,
Elle fait voir sa grande austérité,
Et son humeur devient toute sauvage. ouf! *
[ah] *Si par hasard elle montre du tendre,*
Ha ! croyez-moi, qu'elle le sçait bien
    vendre ;
L'on vit captif se rengeant sous ses loix ;
Pour accomplir ce qu'elle nous inspire,
Il ne faut point de réponse ou de voix,
Mais obéir, & souffrir le martyre. ouf!
    Quoi !!—donc toûjours vivre dans
        la contrainte ;!
J'aime bien mieux ne passer pas pour
    Sainte,
Que de subir toûjours tant de rigueurs.

*[annotation manuscrite :] * une jeune et jolie poissarde qui s'appliquoit d'être sage dit plaisamment à sa mere qui la prêchoit sans cesse sur son hon-neur, maudit soit la Vertu, mon cher, brûle mon cul. (addition au Poissoniana de l'abbé Desfontaines. 1725.*

Si pour le moins elle vouloit permettre,
Qu'on pût un peu se dilater le cœur ;
On pourroit bien à la fin s'y soûmettre :
    Mais que d'abord on se rende in-
ah ! sensible,
Ha ! sans mentir je le trouve impos-
sible ;.

Modère un peu, Vertu, ta dureté ;
Change ta Loi, tu paroîtras plus belle ;
On n'aime pas toûjours tant de fierté ;
Et que te sert d'être donc si cruelle ?
    Va, laisse-moi suivre mes destinées,
Ie te promets mes dernières années ;
Pour nous gagner il faut de doux apas ;
Tant de rigueurs que tu nous fais pa-
    roître,
Choquent un cœur qui ne se rendra pas,
Si des douceurs tu ne lui veux promettre.
    On ne void pas la gloire qu'on mérite,
Mais on void bien la douceur que
    l'on quitte ;.
On n'est à toy, que quand on meurt à
    soy ;   (xième ;
Mais t'en est trop, la rigueur est est-

Oüi, je renonce à cette dure Loy ;
I'aime bien mieux ne vivre qu'en moi-
même.

En achevant ces dernières paroles, elle se tût, soit pour se
reposer, ou plûtôt pour donner
passage à ses soûpirs & laisser
couler ses larmes. Je vous avouë
que la tendrèsse de ses paroles,
jointe à la douceur de sa voix me
toucherent, & je compatissois
sensiblement à la peine de cette
Inconnûë, lors que recommen-
çant de chanter, elle me donna
autant de joye par ses dernières
paroles, qu'elle m'avoit inspiré
de compassion par les premières :
Voici ce qu'elle chanta, en re-
prenant le discours qu'elle avoit
interrompu.

Il faut pourtant se résoudre à te sui-
vre ;

C'eſt cette Mort, qui nous doit faire
          vivre.
Eh-
Hé bien! Vertu, l'on te ſatisfera;
Mon pauvre cœur à t'obéyr s'apreſte;
Rien à preſent, rien, dis-je, ne l'arreſte;
Commande donc, & ce cœur te ſuivra.
    Mourons, mourons; la Vertu nous
          l'ordonne,
Et méritons par là noſtre Couronne.
Adieu, plaiſirs, je vous mépriſe enfin;
D'une autre ardeur je ſens mon ame
          épriſe,
Et ſans quitter cette ſainte entrepriſe,
Ie veux penſer quelle ſera ma fin.
    Pour arreſter un cœur dans l'eſcla-
          vage,
Vous n'avez rien qui ne ſoit trop volage;
En un moment vous nous fuyez, Plaiſirs;
Et vous mourez en commençant de nai-
          ſtre;
Que ſerviroit ſi peu de nous paroiſtre,
Vous ne pouvez contenter nos deſirs?
    Que ſi d'abord vous flattez par
          vos charmes,

Bien-tost après, que vous causez d'a-
    larmes !
C'est trop long-tems vivre sous vostre
    Loy ;
N'esperez plus qu'après vous je soupire ;
Ouy ; si mon cœur renonce à vostre em-
    pire,
C'est que mon cœur aime mieux estre à
    soy.
    La Croix déplaist ; hé bien, je le
    veux croire ;
Mais tout est doux quand on aime la
    gloire ;
Allons, allons ; suivons l'ordre des
    Cieux.
Enfin, mon cœur, ne soyez plus rebelle,
Du haut du Ciel une voix vous apelle,
Et cette voix vient du Maistre des
    Dieux...
    Ha ! c'en est fait, je ne suis plus
    du monde,
A cette voix il faut que je réponde ;
Pleurez, mes yeux ; voyez quel est
    mon sort ;

Vous n'aurez plus de plaisir dans la vie,
Au changement le Ciel qui me convie,
Me veut enfin disposer à la mort.

Les soûpirs qui sortirent en
foule de sa bouche, après ces paroles, étoufferent sa voix, je n'entendis plus rien, mais je fus ravy
de ce que malgré ses repugnan-
ces elle suivoit enfin le parti de
la Grâce. Après cela je pris un
peu de repos, & dês qu'il fut
jour l'Inconnu me fit sortir d'Inconstance ; car il s'aperçeut que
je commençois à participer aux
qualitez du lieu où j'estois ; mon
esprit pensoit déja au change-
ment ; je ne songeois plus que je
devois aller voir la Vertu, &
pour vous dire la vérité, cette
demeure ne me déplaisoit pas.

Je m'y trouvois si bien qu'il me prenoit en-
        vie ;
    D'y passer doucement le reste de ma vie.

Nous

Nous sortîmes donc d'Inconstance, & après avoir marché
environ trois heures dans un
Païs le plus divertissant du monde, nous vîmes sur une éminen-
ce un Château fort magnifique,
& j'appris que c'étoit le séjour
des Graces. Elles se sont logées
sur cette Montagne, pour être
veuës de tous côtez, parce que
tout le monde a besoin de * re-
courir à elles. Mon Guide me
dit que le Palais de la Vertu
étoit au dessous de cette Emi-
nence, dans un Vallon couvert
d'un bois fort épais, & qu'elle
avoit choisi ce lieu - là, parce
qu'elle prend plaisir de se cacher:
Je sentois à ses paroles une joye
intérieure qui me transportoit;
& je marchois avec tant de pré-
cipitation, qu'il étoit aisé de
remarquer l'impatience que j'a-
vois d'arriver dans un lieu où je

F

devois borner mon voyage Nous
trouvions dans le chemin toute
forte de gens qui avoient le même
deffein que nous : mais ils fe re-
butoient de leur voyage ; parce,
difoient-ils , qu'il fembloit que
le Palais de la Vertu s'éloignoit
d'eux, & qu'on n'y pouvoit jamais arriver. Une perfonne entr'autres qui fe repofoit fous un
arbre, où il s'étoit couché fur
l'herbe, me parlant affez haut
comme je paffois;

Arrête, me dit-il; à quoy bon tant marcher,
Tu ne trouveras pas ce que tu vas chercher ;
Je fçay que la Vertu demeure dans cette Ifle,
Mais de la rencontrer il eft trop difficile.
Depuis long-tems je cherche & ne la trouve
    pas ;
Et c'eft ce qui me fait borner icy mes pas.
Ne te flatte donc point d'une efperâce vaine,
Tu marcheras long-tês & tu perdras ta peine.
Ceffe de te donner tant de foins fuperflus ,
Arrêtons-nous tous deux & ne la cherchons
    plus.

Je regardai cet homme avec
beaucoup de mépris, fans m'ar-

rêter à ce qu'il me difoit, & je
connus à fa mine que c'étoit le
Dépit /. J'entrai dans un petit
bois fi épais / qu'il étoit bien
mal - aisé de bien difcerner les
objèts ; je vis pourtant quelques
paroles gravées fur les arbres ;
& m'étant approché pour les lire,
je trouvay que c'étoit des Saty-
rés ; en même-tems j'entendis
du bruit derriere moi, & jettant
les yeux de ce côté - là, je vis
une Fille affez mal-vêtuë, qui
couroit & parloit toute feule en
courant ; elle paffa fi vîte / que
je ne fçaurois pas vous dire comment elle étoit faite ; je remarquai feulement qu'elle avoit la
bouche grande & les yeux rudes,
& jettant la vûë fur moi :

> Celle que tu vas voir, me dit-elle en paffant,
> Eft indigne de ta vifite,
> Mille gens à la voir / la trouvent fans mérite ;
> Et comme elle n'a rien qui foit divertiffant,
> Quand on la connoît on la quitte.

F ij

Je connus par ces paroles que
c'étoit la Médisance ; aussi je ne
fis pas de réfléxion sur ce qu'elle
disoit ; je poursuivis mon chemin ; & après avoir marché jusques au soir dans une Plaine à
l'ombre de quelques arbres ,
nous arrivâmes au pied de la
montagne , où étoit le Château
des Grâces ; j'en aperçûs quelques-unes qui étoient sorties ,
mais elles se retirerent d'abord
qu'elles nous virent ; je courus
après elles avec beaucoup d'ardeur ; car j'avois ouï dire que
pour les gagner , il falloit de
l'empressement, & que la moindre indifférence les rebutoit ;

Les Grâces sont des personnes
bien faites, & fort agréables, mais
elles sont fort retirées & ne se
montrent que rarement ; elles
sont pleines d'esprit & si éclairées,
qu'elles découvrent à leurs amis

mille belles veritez que les Sçavans du monde ne penètrent pas ;
elles n'ont rien de grossier ny de
terrestre ; leur extraction est divine, elles conservent beaucoup
d'amour pour le lieu de leur
origine, c'est ce qui les rend un
peu serieuses ; elles connoissent
ce qu'elles valsent, & ne se montrent qu'aux gens qui les esti-
ment ; elles ont l'adresse de ca-
ptiver la plus fine liberté, sans la
contraindre ; elles lient leurs Ca-
ptifs, mais ils ayment leurs chaînes, & par un bonheur bien
doux leurs Esclaves sont heureux ; & les cœurs qui s'affran-
chissent de leurs servitudes, tom-
bent dans un esclavage déplorable : Il s'en trouve même parmi
elles de si parfaites, que personne n'a jamais encore resisté à leurs
attraits ; elles font autant de
conquestes qu'il leur plaît, &

F iij

sur tout j'en vis une qui porte le
nom de Victorieuse, parce qu'elle
n'attaque jamais sans vaincre, &
que les ames les plus rebelles
fléchissent avec plaisir sous le
pouvoir de ses charmes.

Ces illustres Beautez / dont parlent les Hi-
        stoires,
Qui rangeoient sous leurs Loix, les plus fa-
        meux Vainqueurs,
Jamais par leurs appas n'ont touché tant de
        cœurs,
Que cette seule Grace a gagné de Victoires /
Et pour vous découvrir l'artifice innocent /
Dont elle use en secret, & d'un air ravissant,
        C'est avec beaucoup de tendresse
                Qu'elle porte ses coups au cœur ;
        Elle l'attaque, elle le presse ;
        Mais c'est avec tant de douceur,
                Qu'au lieu d'accuser sa rigueur,
Il aime la main qui le blesse.

Je me souviens en la voyant
de lui avoir obéy plusieurs fois
en ma vie, & d'avoir toûjours eu
beaucoup de respect pour elle ;
aussi me fit-elle un visage assez
riant, & même elle s'offrit de me

conduire à la Vertu , après qu'elle m'auroit fait voir les curiositez de sa Maison ; car c'est elle
proprement qui en est la Maîtresse, quoy que toutes ses Sœurs
y logent avec elle : j'en vis une à
qui une infinité de personnes de
toutes Conditions faisoient la
cour ; mais dans cette foule je
voyois aussi quantité de Gens qui
se retiroient d'elle avec beaucoup
de dédain ; elle tâchoit de les retenir par mille promesses ; mais
voyant qu'elle ne gagnoit rien, elle les abandonnoit à leurs desirs,
& ne se mettoit plus en peine de
leur conduite ; j'appris que c'é-
toit cette Grâce qui persuade à
ses Favoris de sortir du monde
pour entrer dans la solitude , &
qu'on l'apelloit la Grâce de Vo-
cation ; elle exhortoit à la constance ceux qui s'attachent à sa
suitte, & leur promettoit de gran-

des félicitez ; mais fes promeffes
n'empêéhoient pas qu'une partie
de ceux qui d'abord avoient té-
moigné grand empreffemem, ne
quittaffent fes intérefts pour
prendre un autre parti ; il y en
avoit méme qui après une fidelité de plufieurs années deve-
ñoient inconftans ; je déplorois
leur malheur & je compariffois
tendrement à leur infortune.
Que de travaux perdus , difois-
je , que de peines inutiles, faute
d'un peu de fermeté ;

Mille gens animez d'un généreux tranfport ,
   Témoignent d'abord du courage,
Mais ils font dans la fuite un malheureux nau-
   frage ,
     Affez proche du Port.

J'en vis une autre plus heureu-
fe que celle-ci dans fes conquêtes ; au lieu de s'éloigner d'elle,
on y couroit avec ardeur ; elle
diftribuoit à tous des Couron-

nes, qui à la vérité n'étoient pas
également riches* ; mais elles
étoient affez belles pour contenter leur ambition ; chacun étoit
fatisfait de fa recompenfe , &
n'envioit point celle des autres,
elle difoit ces paroles en les cou-
ronnant ;

Venez Cœurs genereux recevoir la Couronne.
Vous l'avez meritée ; & le Ciel vous la donne ;
Il veut que vous foyez enfin recompenfez ;
Oubliez les Tourmens, les Perils, les Alar-
    mes,
Joüiffez de la Paix, mais effuyez vos larmes,
    Vos travaux font paffez.

Vous voyez bien que c'étoit la
Grâce de la Perfévérance ; fon air
m'en donna d'abord des conje-
ctures ; car elle a la mine grande & férieufe ; on ne void rien
en fon vifage qui ne marque une
fermeté & une conftance admirables. Je regardois ces Couron-
nes avec plaifir ; & je fentois naî-
tre dans mon cœur une extrême

* hazars, batailles, [illisible]

passion d'en mériter une, lors que
la Grâce Victorieuse me fit entrer
dans une grande Salle, où je vis
une infinité de Tableaux qui ré-
présentoient ces illustres Pénitens qu'elle avoit convertis. J'ad-
mirois ses grandes Conquêtes,
lors qu'elle me fit passer dans un
Cabinet orné de quantité d'Emblêmes, qui exprimoient assez
naïvement les effets de la Grâce:
je ne me souviens pas de toutes,
mais en voici quelques-unes qui
me sont demeurées dans la me-
moire: je me contenteray de ra-
porter le corps de l'Emblême &
les paroles, vous en ferez vous
même l'aplication. *Qui potest capere capiat.*

La première, avoit un Soleil
dans son Midy, avec ces paroles,
Illustrat & accendit; il éclaire & il
échauffe. Dans une autre paroissoit une Brebis, à qui on montroit un Rameau de feüillage,

avec ces paroles, *tracta quidem, sed sponte tamen* ; il est vrai qu'on l'attire, mais c'est sans contrainte.

Une autre avoit un Jèt d'eau, qui tomboit dans un Bassin, & delà se repandoit dans une Prairie: les paroles étoient, *mundat & aspergit,* elle nettoye & arrouse. Dans une autre étoit un Soleil naissant, avec ces paroles, *is tenebras nascendo fugat* ; si-tôt qu'il paroît il dissipe les ténèbres. Une autre étoit composée d'un grand feu, d'où sortoient des Metaux fondus ; les paroles disoient, *durissima mollit* ; il amollit les choses les plus dures.

Dans une autre paroissoit une Hermine couchée sur des fleurs, avec ces paroles, *sordida quæque fugit,* elle fuit toute sorte de souillure. Je ne me souviens pas des autres ; mais en voila assez pour vous faire juger que je pris beaucoup de plaisir dans ce Cabinet.

delà elle me mena dans une grande Galerie toute garnie de Tableaux , où l'on avoit peint ces
fameux Pénitens que la Grâce
avoit dérobés à la Volupté. Je vis
un David humilié , avec ces paroles, *vincit quoque Gratia Reges* ; la
Grâce triomphe des Roys com-
me des autres hommes.

Je vis un saint Paul terrassé , &
pour marquer sa défaite, on avoit
écrit ces mots , *non armis sed voce
repressus* ; c'est une voix qui la vaincu , & non pas les armes. Je considerai saint Augustin que l'on
avoit réprésenté dans un jardin ,
où il se convertit après tant de re-
sistance ; les paroles disoient , *post
tot certamina victus* , après tant de
combats , il est enfin vaincu. Je
regardai avec plaisir sainte Made-
laine dans son Desert ; elle jettoit
des yeux languissans sur un Cru-
cifix, qu'elle tendit à la main, avec

ces paroles , *gravis eſt abſentia ;*
l'abſence eſt fâcheuſe quand on
ayme.

On voyoit dans un autre Tableau ſainte Pélagie, avec un viſage tout moüillé de pleurs ; les paroles diſoient , *lachrymis oculí ſua*
crimina delent , ſes yeux effacent
par leurs larmes , les crimes
qu'ils ont commis par leurs attraits.

J'attachai auſſi ma vûë ſur
ſainte Marie d'Egypte , que l'on
avoit répréſentée telle qu'elle
étoit à la fin de ſa pénitence : Je
lûs ces paroles , *nunquam pulchrior*
aſpectu , jamais elle ne parût ſi
belle. Je conſiderois ces pein-
tures avec grande attention,
quand on m'obligea de ſortir
pour paſſer dans un Païs couvert,
qui menoit au Palais de la Vertu:
en approchant, nous laiſſâmes à
côté un grand Bâtiment qui pa-
G

roissoit magnifique , mais qui
n'étoit pas achevé ; je demandai
à qui il étoit , & je sçûs de nôtre Conductrice qu'il apparte-
noit à <u>trois Sœurs</u>, qui font une
guerre continuelle à la Vertu ;
Elles se nomment <u>Ambition</u>,
<u>Vanité</u> & <u>Presomption</u> : il y a
long-tems qu'elles ont entrepris
de bâtir leur Maison , mais elle
ne sera jamais achevée , parce
que pas une des trois n'a assez
de prudence pour conduire un
dessein ; la Présomption en a jetté les fondemens , mais ne pré-
voyant pas qu'elle entreprenoit
au dessus de ces forces , elle
abandonna tout, avant que les
fondemens fussent hors de terre ;
la Vanité se promettoit de continuer ; & en effet , elle a élevé
tout ce qui paroît ; mais tout est
irrégulier, & elle ne s'attache
qu'aux ornemens extérieurs, &

pourvû que les dehors en soient beaux ; elle néglige le reste ; l'Ambition qui ne conçoit que de grands desseins, parle toûjours d'abattre ce qui est fait, pour recommencer un plus superbe ouvrage: ainsi cette Maison ne sera jamais dans sa perfection. Tout proche de-là dans un lieu sombre & caché, paroissoit une Maison basse & sans ornement, que l'on me dit appartenir à l'Humilité : ma Conductrice qui vouloit m'instruire de tout, m'apprit que la Maîtresse de ce petit logis resistoit toute seule à ses trois ennemies, quoi qu'elle n'eût aucune suite ; elle a déja, nous dit-elle, remporté mille victoires sur elles ; & elle a jetté une telle terreur dans leur esprit, qu'elle n'a qu'à se montrer pour les vaincre.

Ainsi jamais la Vanité,
Qui se vante d'être guerrière,
Avec sa mine brave & fière
N'a sçû vaincre l'Humilité.

En continuant nôtre chemin
nous entrâmes dans une grande
Allée bordée d'arbres, qui menoit au Palais de la Vertu; en
aprochant je sentois croître ma
joye, & nous estions fort proche
de la Maison, quand je vis venir à
nous une grande Femme, qui de
loin paroissoit assez belle, mais
qui de près étoit fort laide; je
connus d'abord qu'elle se con-
traignoit dans son port, & qu'elle
affectoit un air qui ne lui étoit pas
naturel; la Grace qui nous conduisoit, se cacha pour lui laisser
la liberté d'aprocher; car, dit-elle, si elle m'aperçoit elle prendra
la fuite. Cette Femme s'en vint
donc droit à nous; j'attachai mes
yeux sur elle avec assez d'atten-

tion, & en même-tems, comme
si elle eût eu peine à soûtenir ma
veuë, je remarquai du trouble
dans son visage; j'en devinai bien-
tôt la cause; car c'étoit une vieille
laide, qui voulant encore faire
l'agreable, s'étoit fardée pour paroître ce qu'elle n'étoit pas ; en
un mot c'étoit l'Hypocrisie ; elle
n'en paroissoit pas moins ridicu-
le, & elle s'aperçeut par un souris
que je fis, que je commençois à
me moquer d'elle ; au lieu d'en
avoir de la confusion, elle rassura
son visage, & me regardant d'un
air assez fier ; tu penses, me dit-
elle, me faire un affront en me
méprisant ; mais sçache que je
trouve assez de gens qui m'esti-
ment, & si je ne puis me faire considérer de tout le monde, je ga-
gnerai pour le moins assez d'au-
torité sur les esprits foibles : tu
m'as reconnuë toute déguisée

G iij

que je suis, mais il se trouve assez
de monde qui me prend pour la
Vertu, dont je ne suis qu'une laide figure ; je tâche d'imiter ses
Actions & son Visage ; mais à la
vérité je n'i réüssis guere bien ; car
les esprits éclairez découvrent
d'abord mes grimaces ; la Vertu a
des charmes que je n'ai pas ; tout
ce que je puis faire, pour attirer
un peu d'estime , c'est d'imiter son
extérieur ; mais je ne me présente
pas devant elle, car il y a une si
grande difference entre nous, que
je parois horrible en sa présence.
Je marche incessamment autour
de son Palais , j'en garde les dehors, mais je n'y entre jamais :

Nous ne pouvons loger ny compatir ensemble ;
Ceux qui n'ont pourtant pas les yeux si péné-
    trans ,
   Jureroient que je lui ressemble ;
Mais les plus éclairez découvrent, ce me sem-
    ble ,
D'abord entr'elle & moi des traits bien diffé-
    rens,

Elle disparut après ces paroles, & nous trouvâmes une autre Allée qui nous conduisoit, enfin au lieu que j'avois tant d'envie de voir. Il est, en vérité, le plus charmant du monde; la Situation en est belle; l'Air y est pur, & la Campagne d'alentour toute riante; on y void quantité de Boccages & de Cabinèts de verdure, où les Contemplatifs vont se délasser de leurs occupations férieuses. Les dehors de cette Maison font magnifiques; on void quantité de grandes Colomnes de marbre, posées en égale distance, entre lesquelles paroissent les Vertus, dont chacune tient sous ses pieds le vice qui lui est opposé, dans ses chaînes; mais pourquoy m'amuserois-je à vous parler de ces Ornemens extérieurs ? C'est assez que je vous dise que ce Palais-

eſt indigne de la Vertu , & que
je le conſiderois avec un extrême plaiſir ; lors que jettant les
yeux ſur la porte , je lûs ces paroles au deſſus : *Nec vidiſſe ſat eſt*;
il ne ſuffit pas de les voir.

Sans doute , dis·je , il y a quelque choſe de bien agréable au dedans, puiſque les dehors en ſont
ſi ſuperbes ; & ſans attendre plus
long-tems j'entrai avec empreſſe-
ment , & je me ſentis tout d'un
coup pénétré d'une joye intérieure, qui me fit oublier toute la peine que j'avois euē dans mon voyage; l'Inconnu qui ne m'avoit point
quitté depuis nôtre entrée dans
l'Iſle , ne pût auſſi contenir les
tranſports qui le ſaiſirent , ny
s'empêcher de prononcer aſſez
haut ces paroles ;

                                    (heurs,
Mon cœur ne penſes plus gémir de nos mal-
Ny vous auſſi mes yeux ne verſez plus de lar-
        mes,

Un séjour si rempli de charmes,
A pû dans un moment effacer mes douleurs.
Si je ne suis heureux, je commence à con-
noître,
Que je suis en état de l'être.

Nous passâmes dans une grande Salle, où je fus surpris de voir
des Gens de toutes les Nations
du monde ; car il faut que vous
sçachiez, Oronte, que l'on aborde dans ce Palais de toutes les
parties de la terre. Il se trouve
par tout de véritables Dévots,
mais le nombre n'en est pas bien
grand; c'est pourquoy ce Palais,
tout petit qu'il est, est assez spa-
cieux pour contenir toutes les
personnes qui y veulent demeurer. Je jettay d'abord les yeux sur
la Vertu, qui étoit dans son Trône; mais à même-tems son éclat
m'ébloüit, & je vous avoüe que
je n'osay plus porter mes regards
sur elle; le respect tint toûjours
ma veüe attachée à la terre; sans

mentir je n'ay jamais rien veu de
si beau : c'est une Princesse si aymable, qu'elle inspire de l'amour
à tous ceux qui la voyent, & si
vous l'aviez veuë vous-même, je
suis assuré que vous auriez de la
vénération pour elle :

Si-tôt que je la vis, mon cœur devint sensibe ;
    Ses regards sçeurent m'enflâmer,
Et je m'apperçeus bien qu'il étoit impossible,
    De la connoître sans l'aymer.

Son Air majestueux donne du
respect à tout le monde, & on
remarque en sa personne je ne
sçay quoy de Grand & de No-
ble, qui surprend merveilleuse-
ment ceux qui en approchent.
Je sentois continuellement re-
doubler ma joye, & n'osant pas
paroître, je disois tout bas,

Mon cœur soyez honteux d'avoir tant combat-
    Vous ne sçauriez plus vous défendre,   (tu,
    C'est à ce coup qu'il vous faut rendre,
    Aux doux apas de la Vertu.

Pourquoy m'en deffendre, di-
fois-je enfuite, je trouve mon
bon-heur dans cet engagement;
elle a des attraits pour moy, je
veux avoir de la foumiffion pour
elle. *bon chat bon rat,*

> C'eft une agréable Princeffe,
> Qui veut être aymée à fon tour;
> Elle a pour moy de la tendreffe,
> J'auray pour elle de l'amour.

Elle m'avoit tellement char-
mé, que je ne fentois plus aucun
attachement pour les chofes du
monde, & je me difpofois à luy
faire des proteftations d'une éternelle fidélité, lors que l'Inconnu
me prévint, & tout ravy de fe
voir une feconde fois dans un
lieu d'où il avoit tant de regret
d'être forty, quelques années auparavant, il regarda la Vertu avec
un vifage plein de refpect & de
confufion. *et débitat cette tirade en ftyle
bourgeois.*

Et ſans attendre davantage,
Se mettant d'abord à genoux,
D'un ton auſſi triſte que doux,
Il luy tint ce tendre langage.
Puiſque le Ciel m'a fait aborder ce Palais,
Où regnent le Repos, l'Innocence & la Paix;
Et qu'après avoir pris tant de peine inutile,
Sans pouvoir retrouver le chemin de cette Iſle,
Le deſtin a voulu, quand je n'y penſois pas,
Pour finir mes langueurs conduire icy mes pas:
Je vais vous raconter le ſujet qui m'amene,
Et vous dire mes maux pour ſoulager ma peine.
Depuis long-tems je ſouffre un tourment ſans
    égal,
Et je ne connois pas la cauſe de mon mal.
Si je vais me cacher dans une Solitude,
J'y porte la noirceur de mon inquiétude;
Si pour me ſoulager je cherche à diſcourir,
J'augmente ma douleur au lieu de la guerir:
Je ſens parmy ma joye une triſteſſe étrange;
Je ne goûte jamais de plaiſir ſans mélange;
Un ſenſible chagrin qui me ſuit en tous lieux,
Quand je me divertis, ſe fait voir dans mes yeux.
Je crois à tous momens que j'apperçois une
    ombre,
Il ſe preſente à moy je ne ſçay quoy de ſombre,
Dont la triſte noirceur redouble mes ennuys,
Et parlà vous voyez en quel état je ſuis.
Dans ce profond chagrin, j'aborde dans vôtre
    Iſle;
Vous pouvez m'aſſiſter, le ſecours eſt facile;
Remettez mon eſprit dans un état plus doux,
Je cherche le repos & je l'attends de vous;

Ou

Ou si je ne puis pas obtenir cette grâce,
Dites-moy, pour le moins, ce qu'il faut que je
    fasse.
    Dois-je encor soûpirer ?
    Dois-je verser des pleurs ?
Ne verray-je jamais la fin de mes malheurs ?
Faut-il à m'affliger que mon destin s'obstine ?
Dois-je passer la vie ainsi triste & chagrine ?
Mon Ame ne peut plus soûtenir ma langueur ;
Il est tems que mon sort modère sa rigueur,
Et que de mes ennuys enfin il me délivre ;
Je veux vivre content, ou je ne veux plus vivre.

Elle ne fut pas long-tems sans luy répondre, & sans luy découvrir la source de son mal.

Il n'avoit pas encor cessé de luy parler,
Quand sa charmante voix se fit ouyr en l'air :
De cette aymable voix la douceur nompareille,
Penetra dans mon cœur en frapant mon oreille,
Comme j'en fus surpris, il en fut interdit,
    Et voicy ce qu'elle luy dit.
Thirsis, tu connois bien dans l'ennuy qui t'ac-
    cable,
    Que ton cœur est coupable ;
Si de mille chagrins tu te sens agité,
    Tu l'as bien merité.
N'accuses point le sort de sa rigueur extréme,
    N'accuses que toy-même.
Si tu m'avois aymée un peu plus constamment,
    Tu serois sans tourment.
Si tu veux éviter cette noirceur cruelle,

H

Deviens moy plus fidelle.
Et pour t'inſtruire, enfin en peu de mots,
Ayme moy, ſuy mes loix, tu vivras en repos.

Je ne ſçaurois vous exprimer
l'étonnement qui ſaiſit ce pauvre
Inconnu ; après ce diſcours il fut
quelque tems ſans pouvoir dire
un ſeul mot ; à la fin, jettant un
grand ſoûpir, il répondit en ces
termes,

Helas ! que ce diſcours n'eſt que trop véritable,
Je ſerois plus content ſi j'eſtois moins coupa-
    ble ;
En m'éloignant de Vous pour ſuivre mes deſirs,
Que je pouvois bien dire à Dieu tous mes plai-
    ſirs.
Oüy, ſatisfactions trompeuſes & legeres,
Flatteux amuſemens, vanités paſſageres,
C'eſt inutilement qu'après vous j'ay couru,
Quand je vous pourſuivois vous avez diſparu.
Et je ſens aujourd'huy, par un ſort déplorable,
Par une douceur vaine un tourment véritable ;
Plaiſirs qui ne laiſſez qu'un ſouvenir confus,
Helas ! Répondez-moy qu'êtes vous devenus ?
Agréables douceurs, mais trop tôt effacées,
Dites-moi pourquoy c'eſt que vous êtes paſſées.
Il ne me reſte rien de vos foibles attraits,
Que des confuſions & fâcheux regrets ;
Si vous fûtes jadis capables de me plaire,

Vous êtes aujourd'huy l'objet de ma colere,
Et si jusques icy, par un fatal abus,
Je vous ay recherchés, je ne vous cherche
  plus.
Vous avez, il est vrai, je ne sçai quoy d'aimable,
Mais aussi vous avez une suite effroyable ;
Et d'abord qu'un esprit se rend à vos appas,
Il sent mille chagrins, qui ne le quittent pas.
Pour vous, chere Princesse, il n'en est pas de
  mesme,
On n'est jamais heureux, sinon quand on vous
  ayme ;
Et de quelque malheur, dont on soit combattu,
On trouve du repos dans la seule Vertu.
Que l'Univers perisse, & que tout se confonde,
Que le Ciel se prépare à détruire le monde,
Dans ce terrible état où tout feroit horreur,
Le front de la Vertu paroîtroit sans frayeur.
De la Terre & du Ciel elle est trop dans l'e-
  stime,
Pour craindre ces tourmens, dont on punit le
  crime ;
Et dans ce jour fatal où chacun tremblera,
Où le plus innocent de peur se troublera,
Lors que les Elemens par un confus mélange,
Jetteront l'Univers dans un cahos étrange ;
Que du Ciel irrité le funeste courrour,
A tous les criminels fera sentir ses coups!
Quand les feux pénetrans, & les flâmes errantes
Repandront en tous lieux leurs ardeurs dévo-
  rantes,
Enfin, lors que du Ciel les décrets solemnels
Puniront nos forfaits par des feux éternels!
Que tout se troublera sur la terre & sur l'onde,

Qu'on entendra gémir tous les peuples du
   monde:
Au dernier jugement, quand les ames des morts,
Iront dans les tembeaux se rejoindre à leurs
   corps:
Lors, dis-je, la Vertu, loin de craindre son Juge,
A l'ombre de ses bras cherchera son refuge.
Elle se mocquera de ces foibles esprits,
Qui pour elle aujourd'hui témoignent du mé-
   pris:
Le crime gémira pour lors dans le suplice,
La Vertu regnera sur le debris du vice;
Le monde admirera l'éclat de son bonheur,
Voyant qu'après l'opprobre elle reçoit l'hon-
   neur.
Que l'on seroit heureux si l'on pouvoit com-
   prendre
Ces grandes vérités qu'on ne veut pas entendre!
La Foy nous les enseigne, on les croit, mais
   helas!
Si l'esprit y consent le cœur n'y consent pas.
La volupté l'entraine, & l'ame la plus forte,
S'abandone au torrent du plaisir qui l'emporte.
Lors nos raisonnemens deviennent superflus,
La Grâce a beau parler, on ne l'écoute plus;
Et dans ce triste état, si digne de nos larmes,
On déteste le crime, on en ayme les charmes.
Pour moy plûtôt du Ciel je sente le couroux,
Que de penser jamais à m'éloigner de vous.
Oüy, charmante Vertu, c'est vous que je veux
   suivre,
En cessant d'être à vous, je veux cesser de vivre;
Croyez donc aujourd'hui le serment que je fais,
De garder vôtre Loy sans y manquer jamais.

Apres ces paroles, il garda un
profond silence, & quelques larmes qui coulerent de ses yeux,
m'aprirent qu'il prenoit une fer-
me resolution de reparer par sa
fidelité, ses fragilités passées ; je
formois aussi le mesme dessein,
& i'avois envie de luy en faire des
déclarations, lors que ma Conductrice m'en empescha, disant
que mes intentions estoient assez
connuës à la Vertu, que mes paroles ne lui apprendroient que ce
qu'elle voyoit dans mon cœur :
mais que je devois demeurer fer-
me dans la résolution que je prenois de luy estre fidelle le reste de
ma vie. Je lui en donnay encore
de nouvelles assurances ; &, en vérité, il m'auroit esté mal-aisé de
le pas faire ; car j'estois remply
d'une douceur intérieure, & si
grande, & ma volonté estoit tellement changée, que je me se-
H iij

rois estimé heureux de demeurer
éternellement dans le lieu où
j'estois. Ma joye redoubloit encore par la douceur d'une Har-
monie que j'entendois dans un
apartement qui joignoit celuy
où nous estions ; je priay la Grâce de m'y mener, & de me dire
d'où venoit cette Musique. Elle
se fait dans le Temple de la gloire, me dit-elle ; ce sera là où tu
possederas les dernieres félicités,
si tu passes tes jours auprès de la
Vertu : On ne va à la Gloire que
par elle ; c'est pourquoy on passe
nécessairement dans le Palais de
la Vertu pour entrer dans celui
de la Gloire : Mais, ajoûta-t'elle,
il y a une fâcheuse démarche à
faire devant que d'y entrer, tu
le connoîtras, si tu veux aprocher de la porte : En disant cela,
elle me fit avancer quelques pas,
& je vis à l'entrée une figure hor-

rible qui me fit une peur épou-
ventable : Cette figure estoit toute décharnée, il ne lui restoit que
les os ; elle tenoit un horloge de
sable à la main, & me tendoit les
bras pour m'inviter d'aller à elle ;
en un mot c'estoit la Mort.

> Je vis ce monstre sur la porte,
>   Qui me fit une horrible peur ;
> Sa mine sur mon front fit naître la pâleur,
> Et jetta dans mon cœur une terreur si forte,
> Que lui tournant le dos, je me mis à courir,
>   Tant j'aprehendois de mourir.

La Grâce m'arresta, en soû-
riant, & me reprochant ma lâ-
cheté. Quoy ! dit-elle, ne sçavez vous pas encore qu'il faut
mourir pour estre heureux ; que
Dieu a prononcé cet arrest fatal
à tous les hommes, & qu'il faut
mourir une fois pour vivre toûjours ; ton corps deviendra comme cette figure, qui s'est mon-
strée à tes yeux ; mais console-
toy, quand il sera reduit en cen-

dres, & la mesme Puissance qui t'a
donné l'estre , composera de ta
poussiere un corps plus beau &
plus parfait que le premier : mais
ce ne sera qu'après que tu auras
souffert la corruption de la mort,
& la pourriture du sepulchre. Si
tu ne sçais pas cette vérité , où est
le profit de tant d'instructions que
tu as reçûës ? & si tu le sçais, comme je n'en doute pas, où est la sou-
mission que tu dois aux ordres
d'une Puissance souveraine, qui a
ainsi ordonné du destin des Créa-
tures , & dont les décrets ne peuvent jamais estre injustes ?

Hélas ! luy dis-je, d'une voix
effrayée , je suis assez persuadé de
ce que vous dites ; je sçay que je
ne suis né que pour mourir : je
sçay mesme que la mort est avan-
tageuse , puis qu'elle nous garan-
tit des miseres qui sont insépara-
bles de cette vie , & que la chose

du monde la plus douce c'est d'ê-
tre Mort; comme la plus horrible
c'est de mourir : mais toutes ces
connoiffances n'effacent pas ma
crainte: comme Créature, on
craint fa déftruction; comme
Chrétien, on appréhende les jû-
gemens de Dieu; & tout cela fait
qu'on n'envifage point la Mort
fans frayeur; mais il eft vrai auffi
que le véritable moyen de la
moins apréhender, c'eft de s'y
préparer : on ne fçauroit mieux
employer les momens de cette
vie, qu'en fongeant qu'on la doit
perdre. Il faut nous regarder fur
la terre comme les Voyageurs,
qui ne font jamais fermes. Nous
n'avons point d'autre héritage
que le Ciel; mais pour y entrer il
faut mourir, puifque nos parens
ont introduit la Mort dans le
monde; ce n'eft pas que cette
conduite ne paroiffe rigoureufe-

& s'il estoit permis de se plaindre, on trouveroit quelque aparence de cruauté dans le châti-
ment que nous endurons pour la
faute du premier Homme ; mais
il suffit que Dieu ordonne les
choses, pour les rendre justes ; Il
nous a condamnez à la mort, il
n'en faut point murmurer ; Il ne
sçauroit nous témoigner plus d'a-
mour qu'en nous promettant une
vie plus heureuse que celle qu'il
nous oste : tout homme doit mourir une fois, voilà nostre destin.

C'est le Ciel qui l'ordonne, on n'y peut résister,
Quand la Mort se présente il la faut accepter.
Adam devint rebelle, & Dieu dans sa colere,
Veut punir les enfans pour le crime du pere.
Et pour sentir l'effet d'un arrest solemnel,
Il nous suffit d'avoir un pere criminel.
Lors que nôtre raison pénètre les matieres,
Et qu'elle prend conseil de ses propres lumieres,
Elle a peine à se taire, & murmure en secret,
De voir tous les humains soûmis à ce décret :
Mais revenant d'abord de l'erreur qui l'éporte,
Elle s'assujettit sous une Loy plus forte,
Et sans plus écouter ses premiers sentimens,
Elle trouve Dieu juste en tous ses jugemens.

La Grâce eſtoit ravie de m'entendre parler ſi raiſonnablement de la Mort. Vous avez de beaux ſentimens, me dit-elle ; ne les laiſſez jamais eſteindre. Ces lumières ne vous rendront pas plus heureux, ſi vous ne les ſuivez, Il faut mourir*, vous en eſtes convaincu ; mais vous ne ſçavez pas quand vous mourrez, vous ne connoiſſez point le nombre de vos années ; Dieu a marqué vôtre heure dernière, & lorſque cette heure viendra, il faudra quitter la terre ; cependant il vous donne du tems pour mériter; employez-le ſelon les deſſeins de la Providence ; voſtre occupation eſt ſainte, & c'eſt par cét employ que vous devez eſtablir voſtre prédeſtination, car la Sainteté ne conſiſte pas à faire ce que nous voulons, mais à faire ce que Dieu veut. Retournez donc où il vous

* c'eſt le poëme burleſque intitulé, il faut mourir, par Jacques Jacques, chanoine de ... d'Embrun

appelle, sans vous arrester plus long-tems dans ce Palais; si vous avez une véritable inclination pour la Vertu, elle ne vous quittera pas, quoy que vous sortiez de son Isle; elle n'est pas tellement bornée dans son Desert, qu'elle ne suive par tout ceux qui l'ayment; & moy qui travaille incessamment à luy attirer des cœurs, je vous promets de ne vous point abandonner, pourveu que vous n'ayez pas de mépris pour mes prévénances, & à la fin de vostre vie je vous rendray si douce cette mort, qui vous paroist maintenant si horrible, que vous la regarderez comme la source de vostre bon-heur, & la fin de vos misères.

Après ces paroles, elle se retira; je la suivis, & devant que de sortir de la Salle, je jettay les yeux sur quelques Tableaux où l'on avoit

avoit peint les Vertus, de la mef-
me maniere qu'on les répréfente
dans nos Eglifes.

La Foy y eftoit peinte avec un
bandeau fur les yeux, & un flam-
beau à la main, avec ces paroles,
Celefti lumine ductaf : Elle fe conduit par une lumiere Célefte.

L'Efpérance levoit les mains
au Ciel, & témoignoit par cette
pofture qu'elle en attendoit tout
fon bonheur; les paroles difoient,
*Nil habet in terris, Cælo fua præmia
quærit*; elle ne veut rien de la terre, elle attend tout du Ciel.

La Charité tenoit en fes mains
un Cœur embrasé, avec ces mots:
Talibus increfcit flammis; c'eft par
ces feux qu'elle fubfifte.

La Pénitence y paroiffoit revétuë d'un Cilice; fon vifage étoit
plein de larmes; les paroles difoient, *æterna parat fibi gaudia lu-
ctu*; c'eft par fes larmes qu'elle fe

La cinquiéme avoit une Palme battuë des vents, les paroles difoient, *jaɛtari nata eft, fed nefcia vinci*; elle eft fouvent agitée, mais elle n'eft jamais vaincuë.

Je ne me fouviens pas des autres, que je ne regarday que fort legerement, parce que la Grâce me preffoit de fortir ; je voulois voir auparavant les autres Apartemens de ce Palais, mais elle s'y opofa, difant que les Vertus qui y habitoient, ne vouloient pas eftre vûës, parce qu'en fe montrant, elles perdoient une partie de leur mérite ; fuivez-moi feulement, me dit elle, & je vous montreray ce qu'il eft néceffaire que vous voyez. Nous entrâmes dans une Galerie garnie de Tableaux où eftoient reprefentés ces infignes Réprouvez, dont on parle depuis tant de fiècles ; c'eft icy, dit-elle, la Galerie de ces

illuſtres Malheureux, dont vous
avez tant oüy parler ; leurs chû-
tes ſont effroyables, mais ils ne
ſont tombez dans cet abîme que
pour avoir mépriſé la Vertu; pourquoy je ne les plains pas dans
leurs diſgrâces ; ils les auroïent
évitées, s'ils avoient voulu ſuivre
mes conſeils, & profiter de mes
lumières.

Il eſt vray, luy dis-je ; mais cela
n'empeſche pas que je ne ſois toû-
ché de leurs malheurs ; & comme elle vid que je m'attendriſ-
ſois, elle m'emmena, & me fit
paſſer dans une Campagne la plus
agréable du monde ; on y voyoit
des gens de toutes conditions qui
ſe divertiſſoient: ce n'eſtoient que
jeux & réjoüyſſances ; & ma Conductrice qui s'aperçût que je commençois de me plaire en ce lieu-
là ; avançons, dit-elle, car je pré-
vois que vous pourriez vous amu-

prepare des joyes éternelles.

Je vis dans un autre Tableau la Religion, qui brûloit de l'encens devant un Autel, avec ces mots, *cumulat sacris altaria donis;* c'est elle qui révère nos Temples & nos Autels.

La Pureté paroissoit toute revétuë de blanc, avec une Couronne de fleurs sur la teste; & je lûs ces paroles, *cælo gratissima Virtus*, c'est icy la Vertu la plus agréable à Dieu.

Au milieu de tous ces Tableaux il y en avoit un plus grand que les autres, où paroissoit la Vertu tenant une Palme à la main, & une Couronne dans l'autre, avec ces paroles, *superat tandem omnia Virtus*, la Vertu surmonte enfin toutes choses.

Il y avoit encore beaucoup d'autres Tableaux que je n'eus pas le tems de considérer, mais portant ma vûë sur le Platfonds, je vis d'assez jolies emblêmes, & qui ont beaucoup de raport avec la Vertu.

Dans le premier estoit un Diamant dans une nuit obscure, avec ces paroles, *in tenebris mittit radios* ; c'est dans l'obscurité qu'il jette plus de lumières.

La seconde n'estoit qu'un Chemin semé de Croix, avec ces mots, *hac itur ad Astra*, c'est par ce Chemin que l'on va au Ciel.

La troisiéme estoit composée d'un Champ semé de blé, la devise disoit, *post semina messis* ; il faut semer pour recueillir.

La quatriéme avoit pour corps un Ange, qui d'une main présentoit une Couronne d'épines à une Ame, & de l'autre luy montroit le Ciel ; la devise estoit, *manet altera Cœlo* ; l'autre vous attend dans le Ciel.

ser icy, comme beaucoup d'autres; c'est le lieu qui se présente
d'abord à ceux qui quittent la
Vertu, & je ne m'étonne pas qu'ils
en soient charmez; car il n'est pas
désagréable, mais ils changent
bien-tôt de face après ces diver-
tissemens *de la bête-à-deux-dos.*

Je fis ce qu'elle me disoit, je me
retiray, & après avoir marché assez long-tems, nous trouvâmes
un bois de Cyprès, si épais & si
obscur que tout y faisoit horreur; c'est icy, me dit la Grâce,
le *Bois du Regret*; c'est icy où l'on
vient en sortant du lieu que nous
venons de laisser; c'est ici où l'on
déplore le tems que l'on y a perdu. En effet, je voyois-là quantité de visages noirs & dégoû-
tans qui se présentoient à moy;
je faisois ce que je pouvois pour
ne les pas voir, mais il y en avoit
tant, qu'il estoit impossible de les

éviter ; j'apris que c'eſtoient les
Ennuys ; je commençois auſſi de
m'y ennuyer, & j'en voulois ſortir, lors qu'une voix qui chantoit
m'obligea de m'arreſter : les paroles eſtoient fort triſtes, & l'air
n'eſtoit pas plus gay ; il eſt ſi com-
mun qu'il ne m'a pas eſté difficile
de m'en ſouvenir : Voicy les paroles : *Sur l'air ancien des pendus.*

Echo ſolitaire,
Ecoute mon diſcours ;
Je ne puis me taire,
Donne moy ſecours.
Hâ! hâ! hâ ! mes ennuys, durerez vous toûjours?

❊

Je ne puis me taire,
Donne moy ſecours,
Le ſort m'eſt contraire,
Je ſuis ſans recours.
Hâ! hâ! hâ ! mes ennuys, durerez vous toûjours?

❊

Le ſort m'eſt contraire,
Je ſuis ſans recours,
Le Ciel & la Terre
Sont devenus ſourds :
Hâ! hâ! hâ ! mes ennuys, durerez vous toûjours?

❦

Le Ciel & la Terre
Sont devenus sourds;
Je plains ma misere
La nuit & les jours,
Hâ! hâ! hâ! mes ennuys, durerez vous toûjours?

Pendant que cette voix chantoit, j'avançois pour découvrir ce
que c'estoit, & en estant fort proche, je vis que c'estoit un jeune
homme qui gémissoit de s'estre
attiré par sa fragilité de fâcheu-
ses inquietudes ; d'abord que la
Grace l'aperçût; Helas ! dit-elle;
c'est le Regret, de lui mesme qui
se plaint de m'avoir quittée, &
qui commence à connoistre qu'il
auroit évité ses ennuys, s'il m'a-
voit esté plus fidelle ; ses larmes
m'attendrissent, il faut que je le
tire d'ici. Je ne sçaurois voir couler des pleurs sans avoir envie de
les essuyer ; disant cela elle se fit
voir au Regret, qui vint en mes-

me-tems se jetter à ses pieds, & d'une voix mêlée de sanglots, Hélas! dit-il, que je me suis attiré de disgrâces en vous quittant, & que cette séparation m'a coûté de peines!

J'ay répandu des pleurs, j'ai poussé des soûpirs;
J'ai vécu sans douceur, sans repos & sans joye;
Mais je ne pense plus à tous mes déplaisirs,
Puis qu'aujourd'hui le Ciel permet que je vous
    voye.

Disant cela, il se joignit à nous pour accompagner la Grâce, car il ne voulut plus la quitter; il m'ennuyoit cruellement dans un lieu si triste; c'est pourquoy je supliay ma Conductrice de retourner sur ses pas, sans avancer plus loin; car je m'imaginai que ce qui nous restoit à voir n'estoit pas plus agréable que ce que je voyois. Vous avez raison, dit-elle, de ne continuer pas cette route; les lieux où j'avois dessein de vous

mener n'ont rien d'affreux : mais
puifque vous les apprehendez,
montons feulement fur cette é-
minence, je vous les montreray
delà , car ils font proches d'ici;
vous vous garâtirez par ce moyen
de l'horreur que vous feroient les
miférables.

J'allai donc avec elle fur une
petite Montagne, & de là me montrant une affez grande Ville ; ce
premier lieu que vous voyez, dît-
elle , s'apelle *Indifférence* ; c'eft
celui où l'on va loger en fortant
d'ici ; les habitans y vivent fans
crainte, fans amour & fans piété;
ce font des gens lâches & endor-
mis, & qui laiffent corrompre toutes les bonnes inclinations de la
nature.

Cet autre lieu que vous voyez
fe nomme *Infenfibilité* ; il eft proche d'Indifférence , & on va bien
tôt de l'un à l'autre. O le mifera-

ble lieu que celuy-là ! remarquez
qu'il eſt bâti ſur un rocher, ceux
qui l'habitent ont une dureté horrible ; vous n'y voyez point de
Temples ; on n'y entend jamais
de Prédicateurs, parce que toutes les inſtructions y ſeroient inutiles ; ni mes Sœurs ni moi n'en
aprochons jamais, parce que nous
y ſerions mépriſées, & ſans un
ordre exprés du Ciel, nous n'allons point ſoliciter les perſonnes
qui s'y ſont retirées : nous leurs
avons long-tems auparavant re-
préſenté les malheurs où ils ſe
plongeoient ; mais enfin quand ils
ſe ſont laſſez de nous écouter,
nous les avons laiſſées tomber
dans le précipice.

Nous voudrions pourtant reſiſter,
Au mouvement qui les maitriſe,
Mais pour leur laiſſer leur franchiſe,
Nous les laiſſons précipiter.

Enfin, ce dernier lieu qui paroit

un peu au de-là , s'apelle *Repro-*
bation ; vous voyez audessus un
épais brouïllard qui en dérobe
presque la vûë; le Soleil n'y éclaire qu'avec regret ; le Tonnerre y
gronde toûjours; le Ciel n'y verse
que des malédictions. Tout y est
stérile , & les Habitans y font ex-
posez au coûroux du Ciel & de la
Terre *aussi. C'est un bicètre, un Saint-Lazare.*
Bénissez la Providence qui n'a
pas permis que vous en ayez approché , il y a des gens qui y arri-
vent en peu de tems , & je veux
bien vous apprendre que cette
malheureuse Ville , est beaucoup
plus grande qu'elle ne paroît d'i-
ci; elle est extrémement peuplée;
il y aborde tous les jours de nouveaux habitans de toutes les conditions, & de toutes les parties du
monde ; pour ce lieu là nous ne le
regardons qu'avec horreur ; jamais nous n'en aprochons , tout y
est

est en desordre, on n'y observe aucune Loy ; chacun y prend conduite de sa propre inclination ; il n'y
n'y a jamais eû que le Vice qui ait
eu le credit de s'y faire bâtir un
Temple. Cette Riviere qui passe
au dessous, est le fleuve du Désespoir : une infinité de gens y ont
déja peri ; & il s'en perd de nouveaux tous les jours.

Voila tout ce que j'avois à vous
faire voir, pour vous instruire ; je
vous ay monstré des précipices,
pour vous empescher d'y tomber ;
souvenez-vous toute vostre vie
que vostre bonheur consiste dans
la possession de la Vertu , & n'oubliez jamais que vous ne seriez
prédestiné ou reprouvé , que par
le bon ou le mauvais usage que
vous ferez de la Grâce.

Allez maintenant , continua-
t'elle , où la Providence vous appelle ; il est tems que vous sortiez

K

de cette Isle pour retourner à vos occupations ; je vays vous conduire par un chemin beaucoup plus court que celui par où vous estes venu ; je vous menerai jusques à <u>Repos.</u> C'est un lieu qui m'apartient, je serai bien aise que vous y passiez ; tout y est dans une parfaite tranquilité ; on n'i souffre pas les esprits fâcheux & incommodes ; & on ne veut que des humeurs douces & paisibles. Nous y arrivâmes en peu de tems, & je fus ravi d'y voir le monde dans une parfaite intelligence : personne n'i envie la <u>consolation</u> de son voisin ; le tems y est toûjours serain, l'orage n'y donne jamais ; on n'i entend point parler de troubles, de divisions ni de <u>brouilleries ;</u> la Paix y est éternelle, aussi je m'y plaisois extraordinairement, j'aurois esté content d'y passer le reste de mes jours ; mais

il falut fe refoudre d'en fortir, &
de prendre congé de la Grâce :
Allez, me dit-elle, où vous fça-
vez que Dieu vous demande ;
conformez-vous à fes deffeins, fi
vous voulez vivre heureux ; con-
fultez en toute chofe voftre con-
fcience, c'eft la règle que vous devez fuivre, elle ne vous trompe-
ra pas, fi vous ne la trahiffez point,
affurez-vous que rien ne fera jamais capable de troubler voftre
repos. Il faut maintenant que je
vous quitte, mais ce n'eft qu'en
aparence ; je vous promets de ne
vous pas abandonner dans vos
befoins ; je me ferai fentir dans
les occafions, fans me rendre vi-
fible ; mais n'abufez pas de mes
prévenances ; recevez mes faveurs
avec la reconnoiffance que vous
devez ; & fi vous le faites, j'aurai
peut-eftre pour vous des com-
plaifançes que je n'ay pas pour

beaucoup d'autres.

Après ces paroles, elle voulut se retirer, mais je l'arreſtai, en me jettant à ſes pieds, & la conjurai de ſe ſouvenir de la promeſſe qu'elle me faiſoit de m'aſſiſter, parce que je ne pouvois rien ſans elle ; je ne formerai jamais, lui dis-je, que de vaines reſolutions, ſi vous ne me donnez les moyens de les exécuter, & s'il arrive quelquefois que mon cœur ne ſe rende pas d'abord à vos attraits, ne vous rebutez pas pour mes premières foibleſſes.

S'il arrivoit jamais que mon ame rebelle,
A vos impreſſions ſe rendit infidelle,   (roux,
N'en ayez pas pour moy d'abord plus de cou-
Recourez pour me vaincre à des plus fortes ar-
      mes,   (mes
Et loin de me quitter employez tous vos char-
      Pour m'attirer à vous.

Oüy, repartit-elle, je vous le promets encore ; je ne vous quitterai point la première, je garde-

rai ma promesse , ayez soin de
vous acquitter de la vostre. Disant cela , elle se retira , & me
laissa par cette séparation dans
le plus grand abattement où je
me sois trouvé de ma vie ; je demeurai seul avec l'Inconnu qui
m'avoit toûjours accompagné , il
estoit sensiblement touché de
mon déplaisir , & pour m'encou-
rager , il faut , dit-il , se resoudre
à partir ; le Ciel ne veut pas que
vous fassiez ici un plus long séjour , retournons à nostre Vaisseau ; je vais vous conduire jusques là , & vous dire à Dieu pour
toûjours , car je pretends de passer le reste de ma vie dans cette
Isle. Nous arrivâmes le mesme
jour au lieu où nostre Vaisseau
nous attendoit ; il fallut , enfin ,
prendre congé l'un de l'autre ;
vous pouvez croire , Oronte, que
ce ne fut pas sans bien verser des

larmes; je lui dis cent fois à Dieu,
avec une voix coupée de soûpirs,
& l'embrassant avec une affection
toute pleine de tendresse,

Je vous laisse, lui dis-je, en cette Solitude,
Ce qui me console est de sçavoir qu'un jour,
Nous n'aurons vous & moi que le même séjour.
    Et la mesme beatitude:
Cependant je n'aurai point de plaisir plus doux,
    Que de songer à vous.

L'ayant encore embrassé pour
la derniere fois, j'allai trouver
mes Compagnons qui n'avoient
pas voulu me suivre dans l'Isle;
j'en trouvai une partie tellement
engagée dans les plaisirs, qu'il me
fut impossible de les retirer; tout
ce que je leur dis ne fit aucune impression dans leur esprit, je vis
bien qu'il falloit quelque chose
de plus fort que mes paroles pour
les toucher, & qu'il n'y avoit que
la Grâce qui pût les rendre sensibles. Les autres estoient déja si
dégoûtez de ces amusemens;

qu'ils furent ravis de m'entendre
raconter ce que j'avois veu ; & ils
estoient au désespoir de ne m'a-
voir pas suivi ; ils me promirent
qu'ils profiteroient au moins de
mes avis, & qu'ils ne perdroient
jamais les belles idées que je leur
donnois de la Vertu. Nous mon-
tâmes dans nostre Vaisseau ; nous
eûmes un tems si favorable, que
dans trois mois nous abordâmes
en France ; chacun alla où ses af-
faires l'apelloient, & moy je suis
retourné dans mon Desert, parce
que je crois que c'est le lieu où
Dieu me demande ; c'est là où je
veux me laisser gouverner à cette
Providence, qui prend un soin si
particulier de ma conduite ; toutes choses me seront indifféren-
tes, pourveu que j'accomplisse
ses desseins.

Ainsi soit que le Ciel prolonge mes années,
Ou soit que je les voye en peu de tems bornées ;

D'un visage content je recevray la mort,
Je goûterai le calme après un long orage,
Et la Mort ne fera que m'ôter au naufrage,
  Pour me conduire au Port.

Voilà, cher Oronte, le recit de mon Voyage, je souhaitterois que nous l'eussions fait de compagnie, vous en auriez sans doute profité; cependant faites un peu de refléxion sur le Tableau que je vous en fais, vous en tirerez quelque avantage ; aymez cette Vertu, dont je vous présente la Peinture, c'est la seule marque que ie desire de vostre affection; c'est la plus douce consolation que je puisse recevoir de vostre estime.

F I N.

Extrait du Privilege du Roy.

PAr Grace & Privilege du Roy, donné à Paris le 29 jour de May 1683. Signé, par le Roy en son Conseil, JUNQUIERES. Il est permis à Jacques du Mesnil, Imprimeur-Libraire en nostre bonne Ville de Roüen, d'Imprimer, Vendre & Débiter, un Livre intitulé, *Le Voyage mysterieux de l'Isle de la Vertu, à Oronte*, pendant le temps de six années consecutives, à commencer du jour que ledit Livre sera achevé d'imprimer. Défenses sont faites à toutes autres sortes de personnes d'Imprimer, ny faire Imprimer, vendre & distribuer ledit Livre ; mesme sous pretexte d'augmentation, correction, changement de tiltre, ny d'impression de Ville estrangere, en quelque maniere que ce soit, préjudiciable à l'Exposant, sans son consentement, à peine de confiscation des Exemplai-

condamné, à trois mil livres d'a-
mende, dommages & interests ; ainsi
qu'il est plus amplement porté par le
Privilege.

Registré sur le Livre de la Commu-
nauté des Imprimeurs - Libraires de
Paris le 2 Juin 1683.

Signé, ANGOT, Syndic.

Achevé d'Imprimer, pour la premiere
fois, le 28 Aoust 1683.

Les Exemplaires ont esté fournis.

L'Ile fortunée,
par Dorat,
1772.

Ɛ + 3 4   (2)

L'ISLE FORTUNÉE.*

Il s'agit d'une Isle où le bonheur regne au milieu de la plus parfaite égalité. Cette région délicieuse jouissoit de la paix la plus douce & la plus profonde, lorsqu'un flot poussé par la tempête jette sur le rivage un homme qui sçait lire, suivi bien-tôt d'un autre qui se pique de sçavoir penser. Vous jugez avec quel œil de pitié celui-ci regarde ces Insulaires ; ce peuple à ses regards est plus que dans l'enfance ; il n'est rien ; il faut le créer. Quel plus digne emploi

* Recueil des fables ou allégories philosophiques, par Dorat. 1772. 8°.

pour un Philosophe ; sa tête s'é-
chauffe, son cœur s'enflamme ; il a
déja son plan tout prêt ; mais l'ardent
législateur a besoin d'un second qui
l'aide dans son projet ; il jette les yeux
sur son compagnon d'infortune , va
le trouver, l'inftruit & parvient à en
faire l'apôtre de sa doctrine ; l'Isle est
inondée d'écrits , on argumente , on
difpute , des partis fe forment , des
fectes s'établiffent :

La Nation eft aux abois . . . .
Tous les nœuds font rompus, ou prêts à fe
   brifer ;
  Et ces citoyens fi tranquilles ,
  Egarés par deux imbécilles
  Confpirant à les divifer,
Ont de leurs propres mains renverfé leurs
   afyles ,
Et s'égorgent entr'eux pour fe civilifer.

A la fin , fur l'avis d'un Sage véritable ,
  On s'affembla ; chacun ouvrit les yeux ;
De chaînes on chargea l'un & l'autre cou-
   pable ;
Puis on rendit au flot, qui les vomit tous
  deux ,

N vj

Le jeune illuminé, le Sage respectable ;
  Et leurs volumes avec eux.

Le calme reparut avec la tolérance :
Ce peuple retrouva ses plaisirs & ses biens ;
Retomba mollement dans sa douce ignorance,
  Et reprit ses premiers liens ;
Détestant à jamais un desir de science,
Qui fit couler le sang de quelques citoyens.

Bien des gens ne conviendront
point du mérite de ce morceau.

www.ingramcontent.com/pod-product-compliance
Ingram Content Group UK Ltd.
Pitfield, Milton Keynes, MK11 3LW, UK
UKHW021053150726
13693UKWH00007B/817